希望粥

小料理のどか屋 人情帖10

倉阪鬼一郎

時代小説
二見時代小説文庫

希望粥《のぞみがゆ》——小料理のどか屋人情帖10

目次

第一章　揚げ焼き葱《ねぎ》焼き

一

「この風だと、桜はもうおしまいだね」

一枚板の席で、隠居の季川《きせん》が言った。

「花散らしの風とはよく言ったものですね、ご隠居」

厨《くりや》の中から、手を動かしながら時吉《ときち》が言う。

ここは岩本町《いわもとちょう》。

その一角に、小料理のどか屋ののれんがかかっている。鬼面《きめん》人を驚かすような料理は出ない。素材の味を活かした、食べたお客さんのほおが思わずゆるむようなほっこりした料理をお出しするように、時吉はかねてより心がけてきた。

あるじの時吉とおかみのおちよの人柄がこもったような料理は人々の心をつかみ、何か祝いごとがあれば「まずは、のどか屋の座敷で一杯」と足を運んでくれる客がだんだんに増えてきた。

「でも、歳のせいか、あんまり風の音がすると火の心配をしたりしてしまうね」

季川がいくらか眉根《まゆね》を寄せた。

大橋《おおはし》季川は俳句の宗匠《そうしょう》でもある楽隠居だ。おちよは季川の弟子で、なかなかに筋のいい発句《ほっく》を詠《よ》む。

「わたしもそうですよ。火の用心は店子《たなこ》たちによくよく言ってるんですが、火事のなかには飛び火だってありますからねえ。先月の火事も風向きがあと少し違ってたら、岩本町も焼けたかもしれない」

隠居の隣で、源兵衛《げんべえ》が顔をしかめた。

ここ岩本町の顔役で、困っている店子からは無理に店賃《たなちん》を取り立てない人情家主として知られている。

「ほんとに肝《きも》がつぶれる思いで」

おちよが胸に手をやった。

「岩本町でもずいぶんと気をもんだんですから、焼かれたところはもちろん、火がかすめていったところもさぞや恐ろしかっただろうと」

のどか屋もかつて大火で焼け出されたことがある。三河町《みかわちょう》から岩本町に移ってからはもらい火などもなく過ごしているが、江戸の町に住んでいるかぎり安閑《あんかん》としてはいられなかった。

先月の火事は風向きが悪かった。

二月五日の暮六つごろ、神田多町《かんだたちょう》二丁目の湯屋《ゆうや》から火が出た。あいにくの東風に乗って火は燃え広がり、まず西神田の一円を焼いた。

「清斎《せいさい》先生のところが無事だと聞いて、ほっとしましたよ」

時吉が言った。

青葉《あおば》清斎は名利《みょうり》を求めない名医で、皆川町《みながわちょう》に診療所を構えている。妻の羽津《はつ》は名医の誉れ高かった片倉鶴陵《かたくらかくりょう》の薫陶《くんとう》を受けた産科医で、その並びにある診療所では時吉とおちよの子の千吉《せんきち》も取り上げてもらった。

「あれほどいいお医者さんが焼かれてしまうんじゃ、この世に神も仏もないものだよ」

旧知の隠居が言う。

「ほかに、昔のお知り合いは？」

源兵衛がたずねた。

「龍閑町《りゅうかんちょう》の醤油酢問屋の安房屋《あわや》さんは、危うく蔵に移りかけた火を見世《みせ》の者が総出で消し止めたそうです」

「あそこは、前の大火で辰蔵《たつぞう》さんがやられたからねえ」

仲の良かった季川がしみじみと言った。

「ええ。親子二代にわたって火にやられるかと息子の新蔵《しんぞう》さんは覚悟したそうですが、幸い、間一髪《かんいっぱつ》で逃れたそうで、わたしも胸をなでおろしました」

「それはよかった。ほかには？」

「火元が多町と聞いて、真っ先に思い出したのが相模屋《さがみや》という豆腐屋さんでした」

時吉は「結び豆腐」で縁ができた見世《みせ》の名を出した。

「そりゃ心配だね」

と、家主。

座敷のほうでも、客が先月の火事の話を始めた。

だれが焼け出された、だれそれは無事だったという似たような話だ。おそらくまだ江戸じゅうでそういううわさが飛び交っているだろう。

「ですが、風向きのかげんで、相模屋さんも間一髪で助かったとか」

「ほう、よかったじゃないか」

人情家主はわがことのように喜んだ。

「ほんとに、苦労してお見世を立て直したのに、火事で焼かれたんじゃかわいそすぎますから」

と、おちよ。

「まったくだ」

「でも、ほかにもたくさんの方が難儀をされてしまって……」

「ちょっとは救われただろう。のどか屋の救《たす》け屋台《やたい》に」

源兵衛がうなずいた。

「難儀をしているときほど、一杯の粥《かゆ》が心にしみたりするものだからね」

隠居も和す。

多町から出た火は、その後、さらに向きを変えて江戸の町を襲った。

今度は北風になり、じわじわと火の手が南のほうへ伸びていった。

本銀町《ほんしろがねちょう》、本町《ほんちょう》、石町《こくちょう》、駿河町《するがちょう》、室町《むろまち》のあたりまで焼けて、ようやく鎮《しず》まった。

この大火によって百人を超える者が落命《らくめい》し、多くの人が家を失って路頭に迷った。

そんな困窮した人たちのために、時吉とおちよは立ち上がった。

息子の千吉を長吉屋《ちょうきちや》に預けて屋台を借り、炊き出しの鍋を出したのだ。

むろん、お代は取らない。利に聡《さと》い者はこの機とばかりに麦湯や甘酒の屋台を出してもうけようとしたが、のどか屋の二人は一文《いちもん》も見返りを求めなかった。

困ったときはお互いさまだ。かつて焼け出されたとき、一杯の椀のふるまいが身と心にしみたものだ。それを返そうとしただけだった。

時吉とおちよがふるまったのは精のつく甘薯《かんしょ》がたっぷり入った芋粥《いもがゆ》だった。なかには一杯の粥をすすり、二人に向かって手を合わせる者もいた。

のどか屋の屋台は急いで出したから、凝《こ》ったものを供するわけにはいかなかった。着の身着のまま、命からがら身一つで寒風吹きすさぶ夜の町へ逃げてきた人たちだ。身も心も寒かろう。親しい者とはぐれてしまった人は、さぞや心細いだろう。

そう思った時吉とおちよは、甘薯の粥をつくった。甘い芋粥に塩を加えただけの粥だが、胃の腑《ふ》に入れれば心の底からあたたまる。体の芯が生き返る。

おちよの思いつきで、これには希望粥《のぞみがゆ》と名づけた。この粥を食せば、行く手に必ず望みが生まれる。そんな願《がん》がかかっているから、元気を出してくださいまし、と話の衣《ころも》を一枚まとわせた。焼け出された人たちのなかには、涙を流しながら粥をすする者もいた。

（親を亡くして身投げをしようかと思っていたけれど、この粥のおかげで思いとどまりました）

そう言ってくれた娘もいた。これには時吉もおちよも思わずもらい泣きをした。

「とにかく、火はもう願い下げだねえ。同じ火なら、厨でうまいものをつくる火がいいやね」

季川が言った。

「そうですね、ご隠居。……おっ、またおいしそうなものができてきましたよ」

時吉の手の動きを見ながら、源兵衛が表情をやわらげた。

「酒粕《さけかす》のいい香りが、ぷーんと漂ってくるぜ」

「酒に酒粕ってのも乙《おつ》なものかもしれねえな」

座敷に陣取っている、なじみの大工衆が言った。

「酒粕をだしで伸ばして魚に塗った料理なんですよ」

時吉は教えた。

「酒粕を焼いただけでも、あれはあれでうまいものだがね」

と、隠居。

「ええ。この料理は焼きかげんがずいぶんむずかしいんですが、だいたいこれでいいでしょう」

時吉はそう言って、おもむろに盛り付けにかかった。

桜鱒《さくらます》の朧《おぼろ》焼きという風流な名がついている。

元は武家だが、ゆえあって刀を捨てて包丁に持ち替えた時吉の料理の師は、おちよの父でもある長吉《ちょうきち》だ。早いものでもう一歳半になる初孫《ういまご》の千吉を猫かわいがりしているから、のどか屋が休みのときはしばしば顔を見せにつれていっている。これまで多くの弟子を育ててきた長吉屋は浅草の福井町《ふくいちょう》だから、ここからさほど遠出にはならない。

この料理は、先日炊き出しの屋台を長吉屋へ返しに行ったとき、「屋台のほうびだ」と師匠から直接教わった。

桜鱒の切り身を八つ取る。串を二切れずつに打ち、身のほうと皮のほう、裏表に塩をさっと振る。

練り粕はだしで伸ばしておく。ねろっ、とする感じにしておけば按配《あんばい》がいい。

いよいよ、焼きだ。身のほうに六分ほど火が通ったら、裏返して皮のほうに移る。こちらは二分ほどでいい。

続いて、酒粕を刷毛《はけ》で塗り、焦《こ》がさないように両面を焼く。乾いたら次、という呼吸《いき》で三度繰り返せば、なんとも香ばしい仕上がりになる。

「鯽がいい衣装を着せてもらったね」

隠居が笑みを浮かべた。

「おかみの着物もいつもこざっぱりとしてるけど、のどか屋は料理にもいい衣がかかってるんだねえ」

家主も和す。

「ありがたく存じます。たいして変わり映えのしない大年増《おおどしま》で」

おちよが帯にちらりと手をやった。

「なに、おかみを目当ての客もたんといるだろうよ」

「おいらがそうだ」

座敷に陣取った大工衆の一人がさっと手を挙げた。

そのしぐさに驚いたのか、見世の看板猫ののどかが後ずさりをしたから、思わず笑いがわいた。

「おう、すまんな。びっくりしたか」

「猫を目当てに来る客だって、のどか屋にはいるからな」

大工衆が座敷の隅で丸まっている残りの猫を指さした。

見世の猫はのどかばかりではない。それぞれに特徴のある猫たちがのどか屋を盛り立てている。

好評のうちに鱒が平らげられたあと、時吉は次の料理をつくった。

海松貝《みるがい》の生姜《しょうが》醬油焼きだ。

海松貝の殻《から》をたたいて身を取り出し、わたをていねいに取り去る。それからさっと熱湯にくぐらせて水にとる。臭みを取るとともに身を締めるためのひと手間だ。

さらに、皮の黒ずんだところを指先でこすり取ったら、酒も加えた生姜醬油にしばらく漬けておく。

あとは網焼きだ。

焼きすぎないようにいい按配で焼きあがったら、さりげなく隠し包丁を入れてお出しする。食べよいようにというこまやかな心遣いだ。

一枚板の客には時吉が、座敷にはおちよが皿を運んでいった。

「生姜の風味が効いてるねえ」

隠居がうなった。

「海松貝のこりっとした食べ味が何とも言えませんな」

家主も和す。

「ますます酒がすすむぜ」

「呑みすぎるなよ、あしたは朝が早《はえ》えんだから」

「分かってら」

座敷の大工衆も気に入ったようだ。

「さけ、さけ」

座敷の隅で遊んでいた千吉が客のほうへよたよたと歩いていった。

生まれつき左足の向きが曲がっていてずいぶん案じられたが、遅いなりに歩けるようになったから、時吉もおちよもひとまず安堵した。

「酒はまだちょいと早いぜ、二代目」

「大きくなったら、たらふく呑めるからよう」

「ただ、あんまり呑みすぎちゃいけねえぞ。このおいちゃんみたいに、かかあに叱られてばっかりになるからな」

「余計な世話だ」

そんな調子で、座敷にまた笑い声が響いた。

だんだんに言葉が増えてきた千吉は、客にかわいがられながら按配よく育っていた。

なかなか言葉でうまく表せないときは強くぐずることもあるが、それも我《が》が育っている証《あか》しだ。

ほどなく、ありがたいことにまた大口の客がのれんをくぐってくれた。

なじみの火消し衆、よ組の面々だ。

「おっ、万来《ばんらい》だな」

かしらが少し戸惑いの色を浮かべた。

「おれら、もう出るとこなんで」

「あしたが早いんで、代わりに上がってくださいましな」

大工衆が口々に言った。

「そうかい、悪いな」

「なんの」

かくして、座敷の客が入れ替わった。

二

「早いもんだな、あれからもうずいぶん経《た》つ」

よ組のかしらの竹一《たけいち》がしみじみとした口調で言った。

三河町ののどか屋が焼けた火事では、ずいぶんと奮闘してくれた火消し衆だ。

あのときは纏《まとい》持ちの太吉《たきち》が命を落とし、悲嘆に包まれたものだが、跡を継いだ弟の梅次《うめじ》は立派に成長し、いまや所帯を持って二人の息子の父だ。父の背中を見て育った息子は、やがてまた火消しに育つだろう。

のどか屋がよ組の縄張りから外れた岩本町へ移ってからも、火消し衆は昔のよしみでたまに顔を見せてくれていた。みな快活で、おちよに冗談を飛ばし、千吉をあやしながら楽しく呑み食いをして引き上げるのが常だった。

だが……。

今日は何がなしに場が重かった。梅次を兄貴分とする若い衆のどの顔にも、喜色はいっさい浮かんでいなかった。

「今夜は花冷えがしますから、お鍋はいかがでしょうか」

おちよがたずねた。

「鍋でいいか？」

飛び込みだから鍋の用意はしていなかったが、いまからの才覚で出せるものもある。

かしらが問う。

「へい」

「お任せで」

若い衆の声にはいま一つ覇気がなかった。

「おっ、これだね」

隠居が刺し身をちらっと箸でつまんだ。

鮪《まぐろ》のとろだ。

当時の鮪は下魚《げぎょ》としてさげすまれていたから、師匠の長吉などは絶対に出そうとしないが、時吉は臆せず客に供していた。

虚心に味に向き合えば、鮪の刺し身、ことにとろは美味だ。わさび醤油をいくらかつけて食せば、まさにとろけるような深い味がする。

たれにひと晩漬けて、「漬《づ》け」にしてもうまいし、保《も》ちもいい。寿司飯にもよく合う。

「図星です」

時吉は笑みを浮かべた。

「ほう、葱と合わせるんだね」

家主がいくらか腰を浮かせてのぞきこんだ。

「鍋にしてもうまいもので」

時吉は手を動かしながら言った。

鍋地はだしに酒と醤油と味醂《みりん》を加えてつくる。入るのは三寸あまりに切った葱と鮪のとろだけというさっぱりした鍋だが、とろを煮ると脂《あぶら》の乗りがそのままにねろっとしたうま味を楽しむことができる。小皿に取り分け、七味唐辛子《しちみとうがらし》を振って食せば、まさしく絶品の味だ。

「はい、お待たせいたしました。葱と鮪でねぎま鍋でございます」

そんな名はついていなかったのだが、おちよがふと思いついて言った。

しかし、あつあつの鍋の蓋が取られたというのに、どうしたことか、歓声一つあがらなかった。

「これ、千吉、駄目よ」

おちよは息子をたしなめた。

何にでも興味を示して近づくから、よくよく見張っていなければならない。

座敷の客はよく抱っこしたりあやしてくれたりする。わらべながら、そのことを覚えたから近寄ってみたのだが、火消し衆がむっつりしているばかりで勝手が違ったのか、それとも「駄目よ」と言われたせいか、千吉はやにわに泣き出した。

「すみません。……泣くことはないじゃないの。さ、おいで」

おちよは千吉を抱いて、見世の隅のほうであやしはじめた。

「さあ、あったかいうちに食え」

「へい」

「いただきやす」

若い衆は箸を取ったが、その動きにはやはり元気がなかった。

「何かあったんですかい？」

穏やかな声で、隠居がかしらの竹一にたずねた。

「ええ」

竹一は猪口《ちょく》の酒を呑み干すと、いきさつを告げた。

「先月の大火事じゃ、のどか屋さんも救けの屋台を出して、ずいぶんと働きだったと聞いた。その礼を兼ねて、今日は組の者とともに寄せてもらったんだ」

「礼だなんて、困ったときはお互いさまですから」

「うちも焼け出されたとき、人情が心にしみたものですからね。……はいはい、おっかさんが悪かったよ」

おちよはそう言って、なおもべそをかいている息子をあやした。

「あのときの三河町の火事じゃ、纏持ちの太吉が命を落としたんだが……」

竹一はいったん言葉を切り、一つ息を入れてから続けた。

「先月の火事で、また一人、梯子《はしご》持ちの若い衆が死んじまったんだ」

話の道筋は見えていたが、いざ聞いてみると何とも言えない心地になった。

「それは……愁傷《しゅうしょう》なことだったねえ」

隠居が息を含む声で言った。

「そういった火消しさんたちの働きのおかげで、われわれはいまこうやって暮らしていられるんだね」

源兵衛は両手を合わせて瞑目《めいもく》した。

「いや、丑《うし》のやつは、ただしくじっただけなんで」

梅次が言った。

「ほんとによう、あたふたして逃げる向きを間違えやがって」

「屋根の上で死んだんなら、まだ恰好がついたんだがなあ」

「日頃から、とろいところがあったけどよう」

「肝心な火事場でとんだしくじりをやりやがった」

「まったく馬鹿なやつだぜ」

火消しの若い衆は口々に言った。

口では悪しざまに言っているが、その顔つきはみないまにも涙ぐみそうだった。

「どういう亡《あ》くなり方だったんでしょうか、その火消しさんは」

いくらか声を落として、時吉はたずねた。

「丑松《うしまつ》のやつは日頃の訓練からしくじりが多くて、実は案じてたんですが……」

そう前置きをしてから、竹一はいきさつを述べた。

「梯子を持って燃えてる長屋の裏へ回るとき、道を一本間違えて路地に入っちまったんでさ。よほど動転してたんでしょう、両側に火の手が上がってる路地に梯子を持って突っ込みやがった。『おい、丑、違うぞ。引き返せ！』そう叫んでやったら、やっとしくじりに気づいて、あわてて振り向きました。あのときの丑の顔が、目を閉じるといまだにすぐ浮かんできます」

よ組のかしらは目をしばたたいた。

「おいらも近くにいたんで、助けにいこうとしたんですが」

若い衆が悔しそうな表情になった。

「なにぶん梯子を持ってるもんで、小回りが利かねえ。そうこうしてるうちに、両側の長屋にぱあっと火が回っちまって……」

竹一はそれ以上を語らなかった。

だれもくわしく訊こうとはしなかった。丑松がどういう最期を迎えたのか、聞かずとも察しはついた。

「今日は月命日でね」

重苦しい間があったあと、竹一はぽつりと言った。

「早いもんだ、あれからもうひと月経つのかよ」

纏持ちの梅次が言う。

「つい昨日のことみたいですね、兄貴」

「おいら、ゆうべも火事場の夢でうなされて起きちまった」

「頭のどこかでまだ半鐘《はんしょう》が鳴ってるみたいでね」

火消し衆は口々に言った。

「では、丑松さんがお好きだった料理を何かおつくりしましょうか」

また場が沈まないように、時吉は声をかけた。

「おう、そりゃいい供養になるな」

竹一はただちに乗ってきた。

「ですが、かしら、あいつは貧乏臭いたちで、油揚げをあぶっただけとか、切った葱を焼いただけとか、そんなものばかり食ってましたよ」

「そうそう、手のこんだ料理には箸をつけなかったり」

「わりと好き嫌いが多かったからな」

「だから、肝心なところでしくじったりするんだ」

口ではそう言っていたが、丑松がよ組の面々に好かれていたことは痛いほど分かった。

「油揚げと葱なら、ちょうどいいものが入ってますので、これからおつくりします」

時吉は言った。

「そうかい。曲《きょく》のねえ料理で悪いな」

と、竹一。

「そういう単純な料理ほど腕が出るからこわいんだ、っておとっつぁんも言ってましたから」

おちよがそう言って、千吉を土間に下ろした。

さすがにわらべで、もう機嫌が直ったらしい。ちょうど通りかかった三毛猫のみけを笑顔で追いかけはじめた。足の運びはぎこちなく、ちょくちょくこけて泣いたりするが、この按配ならいずれ厨仕事もできそうだ。

時吉はぐっと網をにらんだ。

先月の火事で命を落とした丑松の月命日だ。当人が食べにくると思って、心をこめてつくった。

油揚げがほどよく焼きあがったら食べよい幅に切り、手早く鰹節を削って上から振りかける。削りたての鰹節が油揚げの上でまだ躍っているうちにだし醤油を回しかけてお出しする。早さが取り柄の料理だ。

「お座敷、お待ち」

時吉が声をかけると、

「あいよ」

と、おちよが受け取って運ぶ。

だし醤油の醤油は極上のものを使った。毎日継ぎ足しながら大事に使っているのどか屋の命《いのち》のたれと煎酒《いりざけ》もまぜてある。

「揚げ焼きでございます」

おちよはうやうやしく差し出した。

「おう、ありがとよ。……ちょいとそこを空けな」

竹一は若い衆に言った。

「はあ？」

「はあ、じゃねえや。今日は丑松の月命日じゃねえか。あいつにも食わしてやれ」

よ組のかしらは、そう言って何度も瞬きをした。

「なら、取り皿を」

おちよが声を落とした。

「すまないな」

丑松の席ができた。

ほどなく、葱も焼きあがった。

ぶつ切りにした葱を網焼きにしただけの、これ以上ないほど簡明な料理だ。

「葱焼きでございます」

これは時吉がわが手で運び、丑松の席に置いた。

「食え」

竹一が箸を置く。

「おめえの好物だ。たんと食え」

かしらが言うと、仲がよかったのか、火消し衆の一人が袖を目に当ててやにわに男泣きを始めた。

「おい、おまえらも食え。泣いてちゃ湿っぽくていけねえや」

そう言うかしらの目も、ずいぶんとうるんでいた。

「いただきます」

「代わりに食ってやるぜ、丑」

梅次が箸を取った。

一枚板の席にも葱焼きが出た。

「ずいぶん深い味がするね」

隠居はそう言って猪口に手を伸ばした。

「葱を食うたびに、仲間のことを思い出したりするんでしょうな」

人情家主がしみじみと言う。

その後も、座敷では意気の揚がらない呑み会が続いた。いつもは笑いの花が咲くのどか屋も、まるでだれも客が入っていないかのような静かさだった。

座敷がしんみりしているから、おちよの顔もさえなかった。

「そういえば、どうしてるかしら、おたきちゃんは」

半《なか》ば独り言のように言う。

「おたきちゃんというのは？」

耳は少しも遠くなっていない隠居がたずねた。

「先月の炊き出しの屋台に来てくれた娘さんです。かわいそうに、火から逃げてるうちに親きょうだいとはぐれちゃったらしくて」

おちよがいきさつを述べた。

「無事だといいね」

と、源兵衛。

「火事は消えたら終わりってわけじゃないからね。親きょうだいの無事な顔を見るまでは、そりゃあ気が気じゃないだろう」

「なら、屋台に来たあとは、また探しにいったのかい」

家主がおちよに問うた。

「ええ。ふるまったのはただのお芋のお粥なんですけど、涙を流して食べてくれて……」

おたきの境遇に思いを馳せたおちよは、思わず目元に指をやった。

「そのあとは、おとっつぁんとおっかさん、それに、はぐれてしまった弟を見つけて食べさせてやるんだと言って、焼け跡のほうへ走っていきました」

昆布の水だしの按配をしながら、時吉が言った。

のどか屋ではさまざまなだしを引き、料理によって使い分けている。水に昆布を浸けてひと晩おき、じわじわとうま味が出てきた上品なだしは吸い物にいい。

昆布を引き上げただしを煮立ててから差し水をしていくらか冷まし、削りたての鰹節を多めに加える。これをていねいに漉《こ》せば、これだけでうまい黄金色《こがねいろ》の一番だしになる。

「のどか屋の場所は教えたのかい？　時さん」

隠居が問うた。

「ええ。岩本町の角《かど》見世だと言っておきましたので」

「岩本町の場所さえ分かったら、もう迷うことはないね」

「この町内でのどか屋を知らない人はいないから」

家主がそう言ったとき、座敷で何か相談がまとまったらしく、火消し衆がいっせいに立ち上がった。

帰るのではなかった。

かしらに続き、火消し衆が丑松の膳が据えられているところに向かって一礼する。

これから何が始まるのか、竹一の様子を見ていれば察しがついた。

季川と源兵衛が箸を置き、背筋を伸ばした。

時吉が手を拭い、背筋を伸ばす。おちよは千吉に向かって「静かにしていようね」

と小声で言って唇に指を当てた。

そして、火消し衆の甚句《じんく》が始まった。

勇みぞろいの　よ組の中で（ほい）
ひときわ目立つ　梯子持ち（やー、ほい）
その名は丑松　気のいい男
あまり良すぎて　火の中へ（ほい）

甚句の名手として若い時分から知られていた竹一の声は、まだ張りが失われていなかった。

しかし、今日はいくらかしゃがれていた。節回しがとぎれて、妙に間が空いてしまうこともあった。

手を拍《う》ちながらの合いの手は、火消し衆ばかりでなく、のどか屋の面々も入れた。

ただし、どの顔にも笑みはなかった。

火は恨めしや　丑松返せ（ほい）

いまだ二十一　若盛り（やー、ほい）
生きていりゃこそ　花実も咲くぞ
あの世遠くて　見えやせぬ（ほい）

合いの手を入れながら、仲の良かった若い衆は号泣《ごうきゅう》しはじめた。
あとからあとから、ほおへ涙が滝のごとくに流れていく。

あの世寒かろ　風邪など引くな（ほい）
盆にゃ帰れよ　待ってるぜ（やー、ほい）
揚げ焼き葱焼き　たんと食え丑松
おまえのことは　忘れぬぞ（ほい）

かしらは「もうこれ以上は唄えねえ」とばかりに手を振った。
代わりに、兄から継いだ纏持ちの梅次が唄う。
だが、新たな文句は出てこなかった。

おまえのことは　忘れぬぞ（ほい）
おまえのことは　忘れぬぞ（やー、ほい）
おまえのことは　忘れはせぬぞ
おまえのことは　忘れぬぞ（ほい）

火消し衆ばかりではない。
のどか屋にいるすべての者が涙を流していた。
合いの手を入れながら、時吉もおちよも泣いていた。

第二章　手毬汁《てまりじる》

一

「木の芽のいい香りが漂ってきたね」

一枚板の席で、寅次《とらじ》が手であおぐしぐさをした。

湯屋のあるじで、ここ岩本町では知らぬ者のないお祭り男だ。よく湯屋から抜け出して、のどか屋に油を売りにくる。

「もう春も深くなってきましたから、いかがなものかとも思ったんですが」

厨ですりこぎを動かしながら、時吉が言った。

「桜の花は散っても、葉はさわやかに残りますからね」

子之吉《ねのきち》がそう言って、背筋を正したまま猪口を口元にやった。

萬屋《よろずや》という質屋のあるじで、実直なあきないぶりに定評がある。唯一の息抜きがのどか屋で呑むことという、ありがたい常連の一人だ。

時吉がつくったのは筍《たけのこ》と独活《うど》の木の芽和《あ》えだった。どちらも骨法《こつぽう》どおりにあくを抜き、食べよい大きさに切っておく。筍はいちょう切り、独活はせん切りがちょうどいい。

これを木の芽で和える。

衣は白味噌、酒、味醂、醬油に酢。よくすった木の芽となじませてから和えれば、酒の肴にはちょうどいい一品になる。

「こりっとしたかみかげんが筍と独活で違って、こりゃ乙なもんですな」

湯屋のあるじが相好《そうごう》を崩す。

「これはお酒がすすみます」

子之吉が背筋を伸ばしたまま笑みを浮かべた。

座敷では、千吉が職人衆に遊んでもらっていた。それを見守りながら、おちよが折にふれて酌をする。

座敷の隅では、のどかがふわわっとあくびをした。いつもながらの、のどかな光景だ。

「おう、料理人の面構えになってきたな、二代目」

「そりゃ、ちぃと早くねえか」

「いやいや、うまいものをつくってやるぞっていう目だ」

職人衆が口々に言う。

「うまいもの、うまいうまい」

今日の千吉は上機嫌だ。

これまでは「うま、うま」だったのに、言葉が長くなった。

七つまでは神のうち、と言われる。千吉がそんなたあいのないことを口走るだけで、見世に何とも言えない和気が満ちる。

「ときに、寅次のだんな、湯屋に貼り紙があったじゃねえか」

職人衆のかしらがそう言って、筍の直鰹煮《じがつおに》を口に運んだ。削り節と一緒に煮込む素朴な料理だが、仕上げに炒った削り節を新たに加えるという小技が味の衣を一枚ふわりと着せている。

今日は朝とれのいい筍が入った。昼の筍ご飯と若竹椀は好評で、早めに売り切れたほどだ。

「おう、来てくれたのかい。ありゃあ、ちょいとかわいそうな話でね」

寅次がいきさつを語ろうとしたとき、さっとのれんが開いて、長い顔の異貌《いぼう》の男が入ってきた。

あんみつ隠密こと、安東満三郎《あんどうみつさぶろう》だ。

「まあ、安東さま、いらっしゃいまし」

おちよが明るい声をかけた。

「無沙汰だったな。……お、ここ、いいかい？」

と、一枚板の席を示す。

「どうぞどうぞ。わたしらと相席で恐縮なこって」

寅次が芝居がかったしぐさをした。

「甘いものでございますね？」

時吉は笑顔で問うた。

「汁粉屋へ来たんじゃねえから、有り物に砂糖でも振ってくれ」

まんざら冗談でもなさそうな顔で、安東は答えた。

この御仁、とにかく甘い物に目がない。

普通の客なら、

「うまい！」

と声をあげるところを、

「甘《あめ》え」

と言ってうなるのだから、余人とはよほど違う舌だった。

江戸広しといえども、砂糖をなめながら酒を呑めるのはこの御仁くらいだろう。

「筍に鰹節を振った煮物は甘くてうまいですぜ、旦那」

座敷から声が飛ぶ。

わりといい結城紬《ゆうきつむぎ》だが、着流しのくだけた格好だ。ただの風変わりな浪人だと思っている常連も多い。

「安東さまは、ただ甘いくらいじゃいけないので」

おちよが笑う。

「では、本当に砂糖をおかけいたしましょう」

来ると分かっているのなら、餡《あん》をつくったりして存分に甘いものをこしらえるのだが、いきなりでは荷が重い。時吉はいくらか残っていた筍の直鰹煮に三温糖《さんおんとう》を多めに振りかけた。

「うん、甘え」

食すなり安東が言ったから、あまりたたずまいを変えずに呑む質屋の子之吉まで口を開けて笑った。

「で、さっきの話だがね」

寅次が座敷に向かって言う。

「そうそう、忘れるところだった。七つの男の子が神隠しに遭ったそうじゃねえか」

「そうなんで。一緒に草市《くさいち》へ行って、ちょっと目を離したすきにゆくえが知れなくなっちまったらしくて、おとっつぁんが似面《にづら》を描いてほうぼうを回ってるそうで。かわいそうに、おっかさんは気に病んで床《とこ》に伏しちまったらしい」

「まあ、それは……」

同じ子を持つ母だ。おちよは何とも言えない表情になった。

「神隠しに遭ったのはどのあたりだい」

安東がたずねた。

「小石川《こいしかわ》の伝通院《でんづういん》の前だそうで。住んでるのは牛込《うしごめ》の水道町《すいどうちょう》。おとっつぁんは髪結いをやってるって言ってました」

「あのあたりは武家屋敷が多いからな」

と、安東。

「牛込からここまで、似面を貼らせてくださいと」

時吉は気の毒そうな顔つきになった。

「そうなんだ。もうこうなったら、江戸じゅうの湯屋を回って似面を貼ると」

「神隠しに遭ってから、どれくらい経つんでしょう」

子之吉が問うた。

「もうかれこれ二カ月になるらしい。どこでどうしてるかと思うと、飯も喉に通らねえって言って嘆いてた」

「そりゃそうだ」

「早く見つかるといいな」

「どこの神様か知らねえが、ひでえことをしやがるぜ」

職人衆は憤《いきどお》った。

「いや、神隠しってのは、謎が解けてねえからそう見えるだけなんだ。幽霊の正体見たり枯尾花《かれおばな》、って言うじゃねえか」

安東はそう言うと、いくぶん目をすがめて猪口の酒を呑み干した。

「するってえと、何かからくりがあるってわけですかい？」

「旦那はただ者じゃなさそうだから、一つすぱっと謎を解いてやってくださいよ」

座敷からそんな声がかかったから、安東は思わず苦笑した。

たしかに、この御仁はただ者ではなかった。

黒鍬《くろくわ》の者という御役目がある。将軍の荷物を運んだり触れを出して回ったりする役どころで、三つの組に分かれていた。

だが、黒鍬の者には四番目の組があった。武家でも町場でも寺社でもなんでもござれ、神出鬼没の隠密仕事に携わる組だ。その表向きにはないことになっている「黒四組」のかしらが安東満三郎なのだった。

「そんなにすぐ謎は解けねえがよ。ちょいと気になることはあったんだ」

「どういうことです？」

寅次が問う。

「神隠し、もっと理詰めに言やぁ、『神隠しに見える失せ人の事件』は毎年それなりに起きてる。人さらいのしわざか、それとも自らゆくえをくらましたのか、そのあたりの境ははっきりしねえがよ。ところが、去年あたりから妙に続いてるようなんだ。それも、年端《としは》のいかねえ男の子にかぎられてる」

「なら、同じ咎人《とがにん》かもしれませんね、安東様」

おちよがすぐさま言った。

「同じ咎人と決まったわけじゃねえが、どうもきな臭くていけねえな……おっと、こっちはいい匂いだ」

安東は手であおぐしぐさをした。

「毎度おなじみのもので恐縮ですが」

時吉がそう言って差し出したのは、安東の好物の一つ、油揚げの甘煮だった。

今夜みたいに急にのれんをくぐってきても、この料理ならさほど待たせずにつくれる。しかも、存分に甘い。

油揚げを食べよい三角のかたちに切って鍋に入れ、水を控えめに加えて煮る。普通なら油揚げは湯をかけたりくぐらせたりして油抜きをしなければならないが、この料理はそのまま使えるのが重宝《ちょうほう》だった。

味付けは、まずもって砂糖だ。安東の好みは分かっているから、ほかの客に出すときより三温糖を多めに加える。

煮えてきたところで醬油を加える。これも好みによって違う。あとは煮汁が少なくなるまで煮詰めてやればできあがりだ。あつあつもうまいが、冷えてもいける簡明な肴《さかな》だ。

「うん、甘え」

安東は食すなり顔をほころばせ、猪口に手を伸ばした。

「ま、なんにせよ、見つかるといいな」

「さようですね。うちの貼り紙が役に立ったらいいんですが」

寅次が言う。

「質屋にもいろんなお客さんが見えるので、縁があったら貼らせていただきましょう」

子之吉もそう申し出たところで、階段のほうでどたばたと物音が響いた。

のどか屋ではおなじみの猫たちの追いかけっこだが、なかに見慣れぬ白猫がまじっていた。

と言っても、耳と尻尾の先はかなり黒く、縞模様が入っている。のどか屋のほかの猫たちは目が黄色いのに、その猫だけ瞳が青かった。

のどかの娘のちのが産んだ猫だ。きょうだいもいたのだが、ほうぼうへもらわれていき、この白猫だけが残った。

器量が悪いわけではない。おちよがすっかり気に入り、よそへ譲るには忍びなくて手元に残したのだ。

猫は年に何匹も子を産む。そのまま放っておいたら猫だらけになってしまうので、母猫には悪いがおおむね里親に出す。かつてはほうぼうに頼みこんでもらっていただいていたものだが、いつのまにかこんな評判が立った。

(のどか屋の猫は福猫だ)

(招き猫を飾るくらいなら、のどか屋から子猫をもらいな)

そんな具合で、産まれる端からもらい手が決まっていった。

なかには、のれんをくぐって「余ってる子猫はいませんか」と所望しにきた客もいたくらいで、その白猫のほかはただちによそへ片づいた。聞くところによると、里親になると偽って猫をひどい目に遭わせる不届き者もいるらしい。そこで、ちゃんと身元が分かる者にかぎって引き渡したから、いまごろは江戸のあちこちでかわいがられているだろう。

新入りの白い子猫は、ゆきと名づけた。腹だけは雪のように白かったからだ。小さいころは鼻が詰まって食が細く、あやうく死にかけたこともあるゆきだが、いまはすっかり元気になって大猫たちとたわむれている。

甘党の安東の肴ばかりつくっているわけにもいかない。時吉は今日の顔とも言うべき料理を仕上げた。

貝寄せ焼きだ。

春のこの時分には、折にふれて強い風が吹く。花散らしの風も粋《いき》だが、貝南風《かいよせ》というのもなかなかに風流な名前だった。

風に吹かれた貝が浜にたくさん打ち上がる。そのさまにちなんで、貝寄せの風と名づけられた。南風が多いから、俳諧などでは貝南風と書く。

その貝寄せのさまを皿の上に表したのが、のどか屋の貝寄せ焼きだった。

春にうまい貝は多い。

常節《とこぶし》、栄螺《さざえ》、それに、海松貝《みるがい》。それぞれにさばき方にひと手間かかるが、身がきゅっと締まっていてうまい。

のどか屋の厨の奥には生け簀《す》もある。今日入った貝は、新鮮なまま、まな板にのせられた。

貝の身は胡麻油で炒める。常節は長め、栄螺と海松貝はさっとでいい。

味付けは酒と醬油だけで十分だ。こりっとしたうまい肴になる。酒の肴にはこたえられないうまさだった。

「はい、お待ち」

おちよが座敷に運んでいくと、職人衆から歓声があがった。

「おう、いい香りだな」

「青みもあって、景色もいいぜ」

「彩《いろど》りにたらの芽の塩ゆでをあしらってみました」

　と、おちよ。

「さっき天麩羅《てんぷら》を食ったやつだな」

「ほろ苦いところがうめえんだ」

「さっそくいただくよ」

「おいらも」

　職人衆は次々に箸を伸ばした。

「うーん、うめえ」

　寅次がうなった。

「湯屋のほうは大丈夫なんですか？」

　時吉がたずねる。

　かつては娘のおとせがしょっちゅう呼びにきていたものだ。そのおとせは縁あって時吉の弟子と所帯を持ち、湯屋の斜向かいに「小菊」という細工寿司《さいくずし》の見世を出して繁盛している。

「息子に湯屋の修業させせないとね。ただ、まあ、あんまり長居をするとかかあから角《つの》が出るもんで」

と、箸を置こうとしたとき、控えめに表の戸が開き、のれんをぐってきた者がいた。

男ではなかった。

まだ若い娘だった。

二

「おたきちゃん！」

おちよが声をあげて駆け寄った。

娘は泣きそうな顔で頭を下げた。

「どうしたんだい？」

時吉も手を止めて厨を出た。

先だっての大火のおり、のどか屋の屋台で希望粥《のぞみがゆ》を食べて涙を流した娘は、なおいっそうやつれてしまったように見えた。

それればかりではない。ひざを擦りむいたらしく、着物に血がにじんでいた。

「こけちまったのかい」

寅次が声をかけた。

「まあまあ、痛かったわね。いま手当てをしてあげるから」

しゃがんで擦り傷を見たおちよは笑顔で語りかけた。

「提灯《ちょうちん》が駄目になってしまったんだね」

時吉はおたきが提げていたものを受け取った。夜道でころんだ拍子に、ぶら提灯がこわれてしまったようだ。

「まあ、ここに座りな。おいちゃんは湯屋へ帰らなきゃいけねえから」

寅次が席を譲った。

「わけありか？」

安東が小声で時吉に問う。

「先月の大火で焼け出されて、親きょうだいとはぐれて難儀をしているときに、うちの炊き出しの屋台に」

「そうかい。で、今日はここをたずねてきたのかい？」

擦りむいたひざをおちよにふいてもらっている娘に向かって、安東は声をかけた。

「はい……」

おたきは消え入りそうな声で答えた。

「あの火事で焼け出されたのかい」

「そいつぁ大変《てえへん》だったな」

「江戸に住んでりゃ、たとえおのれじゃなくったって、だれかは焼け出されちまうもんだがよ」

「なかには二度、三度と焼け出される運の悪いやつもいらあな」

座敷の職人衆が口々に言った。

「毒が入らないようにお水にお酒も入れといたから、ちょいとしみるかもしれないけど」

簡単な手当てを終えたおちよが立ち上がった。

こくり、とおたきがうなずく。

その子持ち格子《ごうし》の着物は、ずいぶんとしおたれているように見えた。そういえば、屋台に来たときは桃割れに南天の実をかたどったかんざしをさしていたのに、いまはその姿がない。

「おなかはすいてないか？　喉は渇いていないかい？」

時吉はたずねた。

おたきは少し迷ってから答えた。

「今日は朝から、何も」

娘はそう言っておなかにそっと手をやった。

「そいつぁいけねえ。さ、ここへ座りな」

「おいで」

寅次と子之吉が手を貸して、檜《ひのき》の一枚板の席に座らせた。

「いきなり貝寄せ焼きみたいなものだと、胃の腑が受け付けないだろう。いま味噌汁を出すから」

厨に戻りながら、時吉が言う。

「これならいいだろう。疲れてるときには甘いものがいちばんだ。さ、食いな」

あんみつ隠密が、いままで味わっていた油揚げの甘煮の鉢を差し出して席を立った。武家の隣で気を遣わないようにという心くばりだ。

「ありがたく……存じます」

おたきは喉の奥から声を絞り出した。

ほどなく、時吉はおちよに目配せをした。味噌汁ができたのだ。

酒を呑んだあとの味噌汁はまた格別にうまい。職人衆の締めに出そうと思って按配しておいたものに、手毬麩《てまりふ》を入れた。

小料理屋だが、たまには子供づれの客ものれんをくぐってくれる。見世に通いだしたときは独り者だったのに、所帯を持ってややこができ、その子が育ってからも昔のよしみで来てくれたりする。

そんなありがたい客のわらべのために、見ただけで心が弾むきれいな手毬麩を用意してあった。少し水に浸けて戻せば、麺や酢の物などにも添えられる。なにかと重宝な品だ。

「はい、手毬汁ね。具はほかにお豆腐と若布《わかめ》だけだけど、これを呑んであったまって」

おちよが椀を渡した。

いくらかふるえる手で箸をつかんだおたきは、椀を少しすすり、油揚げの甘煮を続けて口に運んだ。

そして、ほおっ、と太息《ふといき》をついた。

そのあいだ、一枚板の席からいったん立った三人は、時吉とおちよもまじえて小声で話をしていた。娘の様子はいかにも心配だった。

よほどひもじい思いをしていたのか、おたきは手毬汁を呑み干し、甘煮もあらかた平らげた。

「聞きにくいことを聞くけどね、おたきちゃん」

間合いを図っていたおちよが切り出した。

「はい……」

と、顔を上げる。

「火事ではぐれちゃったご両親と弟さんはどうなったの？」

おちよはやさしい声で問うた。

それを聞いて、おたきの表情が急に変わった。

さざ波めいたものが目元からほおのあたりに走る。そして、首を何度も横に振って箸を置いた。

その目尻から、つ、と水ならざるものがしたたる。

「駄目だったのかい」

時吉が問うた。

「おとっつぁんと、おっかさんは、あの火事で……」

そう告げるのが精一杯だった。

「なんてこった」

「かわいそうによう」

「で、弟はどうなったんだい？」

職人衆の一人がたずねた。

おたきはすぐ答えなかった。両手で顔を覆ったままだった。

「弟さんも、駄目だったのかい」

寅次が暗然とした顔で訊いた。

しかし、おたきは首を横に振った。

「なら、助かったの？」

おちよの問いに、また同じように首を横に振る。

そのしぐさを判じかねて、おちよと時吉は安東の顔を見た。

「はぐれたままで、まだ見つかってないんだな？」

あんみつ隠密は、ただちに判じ物を解いた。

案の定、おたきは首を一つだけ縦に振った。

「で、住むところはあるのかい」

今度は時吉がたずねた。

「いえ……おやしろとかで、今日まで」

おたきはそう明かした。

「まあ、神社の軒下とかで寝ていたの？　それは大変。道理で着物が汚れていたわけね」

おちよは驚いた顔で言った。

「そりゃあ、いけねえや」

「若い娘にもしものことがあったら、おとっつぁんとおっかさんも浮かばれねえ」

「なんとか住むとこを手配してやれねえかい？」

職人衆のかしら格の男が湯屋のあるじを見た。

「合点《がってん》だ。おれは戻らなきゃいけねえから、ついでに家主の源兵衛さんに掛け合ってくらあ」

寅次は胸を一つたたいた。

「おう、任せたぜ」

「あの家主さんが乗り出してくれたらもう大丈夫だ」

「岩本町は人情の町だからよ。心配するな、お嬢ちゃん」

座敷から励ましの声が飛んだ。

「着物でしたら、質流れのものが何点かあります。いくらか大きいかもしれませんが、見繕って持ってきましょう」

子之吉も動いた。

あいさつもそこそこに、裾をからげて夜の町に出る。

大人たちがばたばたと動いたせいか、千吉がまたぐずりだした。

「おお、よしよし……千ちゃんとは関わりのないことだからね」

おちよがあわててあやす。

「ごはんはどうだい？　まだおなかがすいているだろう」

時吉が声をかけた。

「はい……では、お芋のお粥を」

おたきはおずおずと申し出た。

「救けの屋台で出した希望粥か。あれはいつもつくってるものじゃないんだ」

時吉は笑みを浮かべて続けた。

「いずれまたつくってあげるから、ただのおかかごはんに筍の直鰹煮、それにお代わりの手毬汁の膳にしてあげよう」

「ありがたく存じます」

一枚板に座った娘は、礼をするなりまた一つ大きな息を吐いた。

だしを取ったあとの昆布と鰹節も大事に使う。昆布は切って煮物にまぜたり、佃《つくだ》煮《に》にしたりする。ふっくらと煮た昆布はそれだけで酒の肴になるし、茶漬けの具にもいい。

鰹節は猫たちが浮足立つからえさにあげることも多いが、水気を絞って細かく切り、胡麻と一緒に炒めるとうまい。味付けは醤油と味醂だ。

おにぎりの具にもいいが、ほかほかのごはんにのせて食べると、「三杯はかたい」というのがもっぱらの評だった。

「おう、食いな食いな」

「飯を食わなきゃ力が出ねえ」

職人衆が風を送る。

おかずにも手を伸ばしながら、半ばまでおかかごはんを平らげたとき、おたきはわっと泣きだした。

「どうしたの？」

千吉を時吉に預けてから、おちよが問う。

「こんなおいしいごはんを、おとっつぁんとおっかさんはもう食べられないのかと思ったら、かわいそうで……」

そう言って袖を目に当てたから、情に厚い座敷の職人衆までもらい泣きを始めた。

「代わりに食べてやんな」

安東が言った。

近寄ってきたのどかをひょいとつまみあげて肩にのせたから、猫は少し迷惑そうだ。

「おとっつぁんとおっかさんの血は、おたきちゃんにも流れてる。おいしい物を食ったら、あの世でも喜んでくれるさ」

「お武家さまの言うとおりだ。食ってしゃんとしなきゃ始まらねえ」

「さ、泣いてないで残りを食いな」

職人衆がうながした。

のどかが身をよじってあんみつ隠密から逃れ、土間に下りて尻尾を振った。どうもお気に召さなかったらしい。

それから、のどか屋の守り神は何かに気づいたように戸口へ向かった。

ややあって、人情家主の源兵衛が姿を現した。

三

「でも、わたし、店賃を払えないので……」

おたきが申し訳なさそうに言った。

「はは、案じることはないよ。困っている店子からは無理に取り立てないようにしてるから」

源兵衛は温顔で答えた。

人情家主の長屋の店子も付き従っていた。野菜の棒手振り《ぼてふ》りの富八《とみはち》だ。いつも朝とれの新鮮な野菜をのどか屋におろしてくれている。

「この家主さんの店子になったらひと安心だぜ。おいらも博打《ばくち》の借金をつくっちまったあと、長屋ぐらしで一から出直したんだ」

気のいい棒手振りはそう言って励ました。

ほどなく子之吉も戻ってきた。ちょうどいい按配の着物があったから、おたきはおちよに手を引かれて見世の裏手で着替えた。髪もといて結い直してもらった。おかげで、いくらかさっぱりした感じになった。

「ありがたく存じます。ほんとに、何から何まで……」

おたきは両手をひざにやって頭を下げた。

「おたきちゃんはいくつだい？」

源兵衛が問う。

「十三です」

「そうかい。ゆくえが分かってない弟さんは？」

「善次郎《ぜんじろう》は、まだ七つでした。途中までちゃんと手を引いて逃げてたのに、あっと思ったときには、もう……」

おたきは何とも言えない顔つきでわが手を見た。

「どうして背負って逃げなかったのか、だっこして運べなかったのか、と思うと、もう心の臓が張り裂けそうで……」

「仕方がねえさ。おたきちゃんだって華奢《きやしや》なんだからよ」

と、安東。

「あんまりわが身を責めねえほうがいいぜ」

「あの大火だ。逃げてるうちにはぐれちまったって、おたきちゃんのせいじゃねえ」

「案外、どこかで無事に暮らしたりしてるさ」

職人衆がまた励ましているあいだに、時吉とおちよはひそかに話をしていた。

やがて、相談がまとまった。

「おたきちゃん」

息を計って、おちよは声をかけた。

「はい……」

娘が濡れた目を上げる。

「もしよかったら、うちで働いてみない？」

「わ、わたしがですか？」

と、わが胸を指さす。

「そう。昼はお運びの手が足りなくて大変だし、そうじゃないときも、千吉の相手をしなきゃいけないから大変なの。ほんとに猫の手も借りたいくらい」

近くでどったんばったん猫相撲みたいなものを始めた三毛猫のみけと子猫のゆきに目をやってから、おちよが言った。

「千吉ちゃんの相手を……」

「弟のことを思い出すかもしれないが、たまに表で遊んだり、近場のどこかへ遊びにつれていってお守《も》りをしてくれたら助かる。いつも見世の中ばっかりでもどうか、とちよと話をしていたんだ」

と、時吉。

「分かりました。こんなわたしを雇っていただけるのでしたら……」

おたきはまたそこで声を詰まらせた。

「看板娘が増えたじゃねえか」

「これで店賃も払えるな」

「ま、落ち着くまでは店賃なしにしてくれるだろうけどよ」

「おまえら、看板猫だと思ってうかうかしてたら影が薄くなっちまうぞ」

職人の一人が座敷でくつろいでいたのどかとちのに向かって言ったから、のどか屋に和気が満ちた。

「うまくまとまったじゃねえか」

あんみつ隠密が笑った。

「よろしくね」

「あんまり気を張らずに、楽にやってくれ」

おちよと時吉が声をかける。

「よろしゅうお願いいたします」

おたきは深々と腰を折った。

「そうと決まったら、あとは住むところだね。これから長屋に案内しよう」

源兵衛が言った。

「みんないいやつだから、案じなくてもいいぜ」

富八も和す。

一人一人に礼を言っていたおたきは、最後に千吉の手を取った。

そして、じっと目を見て言った。

「よろしくね、千吉ちゃん」

第三章　蕗《ふき》のとう土佐煮

一

巷《ちまた》では夏の先取りに浮足立つころだが、のどか屋では春を惜しむかのような料理を出していた。旬を先取りすることも大事だが、むやみに流されることなく、地に足のついた料理を供することも肝要だ。

今日の飯は山菜のおこわだった。棒手振りがいい山菜を運んできてくれたから、これ幸いとばかりにおこわにした。

ぜんまい、こごみ、たらの芽、山独活《うど》、それぞれにあくの抜き方があるため手間はかかるが、行く春を惜しむかのようなうまいおこわができあがった。

勘どころは、洗ったもち米を薄い塩水につけ、昆布を入れて一刻半（約三時間）ほど置くことだ。それから蒸せばできあがりが格段に違う。

山菜も醬油を加えただしにくぐらせてから、一刻から一刻半くらい浸けておく。いかにものどか屋らしい奇をてらわない料理だが、存外に手間暇がかかっていた。

おこわと山菜、べつべつの道を歩みながら味をたくわえてきたものが、同じ茶碗の中で一緒になる。まるで夫婦のようだともっぱらの評判だった。

これに浅蜊《あさり》の味噌汁と、独活のきんぴらの小鉢がつく。

皮をむかずに粗い目のせん切りにした独活は、よく水にさらしてあくを抜き、胡麻油で炒める。醬油と味醂で味付けをし、仕上げに胡麻を振ればできあがりだ。これは酒の肴にもいいから多めにつくっておいた。

「はい、お待ちどおさまです。……ちょっとどいてね、ちのちゃん」

おたきが猫に声をかけてから、座敷に膳を運んでいった。

「おっ、ずいぶんさまになってきたじゃねえか」

「もう十年やってるみたいだぜ」

あの晩の職人衆が、今日も昼を食べにきてくれた。お運びの仕事がだんだん板についてきた娘に向かって軽口を飛ばす。

「おかげさまで」

おたきは笑みを浮かべて答え、膳を畳に置いた。

見世に出ているとき、おちよは茜《あかね》のたすきを掛け渡す。色を違えたほうが華があるから、本人の望みも聞いて、おたきは山吹色のたすきにした。

ありがたいことに、今日もずいぶんと多くのお客さんがのどか屋ののれんをくぐってくれた。列までできたその波もようやく引いてきたところだ。

あの晩に比べると、おたきの顔色は格段によくなった。源兵衛の長屋からのどか屋まではさほど離れていない。見世があるときは毎朝早くに顔を出し、時には仕込みの手伝いもするまでになった。

それでも、おたきの表情にはどこか陰《かげ》りがあった。

休みの日には、はぐれてしまった善次郎を探して、遠くのほうまで出かけることもあるらしい。お百度を踏んだりして、いろいろと神信心《かみしんじん》もしているようだ。

湯屋の常連に絵心のある者がいる。寅次がその絵師に声をかけて、善次郎の似面を描いてもらった。のどか屋と湯屋に二枚貼り出しておいたが、おたきの七つの弟のゆくえはいまだに分からない。

「お、空いてるね」

のれんをふっとくぐって、隠居が姿を現した。

いつも時分どきを外し、一枚板の席が空くころを見計らって来る。仮にいつもの席が埋まっていても、さすがに古株の顔で、先客は隠居に席を譲るのが常だった。

「いらっしゃいまし」

時吉がすぐさま声をかけた。

「本日は山菜おこわでございます」

おちよも和す。

「そうかい。なら、締めにいただこうかね」

「まずは御酒《ごしゅ》で」

「そうだね。さっぱりした肴で頼むよ」

隠居はそう所望した。

「では、春の終《しま》いもので」

「判じ物かい」

季川は笑みを浮かべて答えると、温顔をおたきのほうに向けた。

「どうだい、もう慣れたかい?」

「はい、おかげさまで」

「千吉もなついたみたいで、よく外でお守りをしてもらってます」

おちよが言った。

それが分かったわけでもあるまいが、そこで千吉がやにわに言葉を発した。

「ちょうちょ、いく。ちょうちょ、いく」

同じ言葉を繰り返す。

「蝶々がどうしたって?」

隠居はいぶかしげな顔つきになった。

「千ちゃん、神田川の土手がお気に入りなんです。蝶々が飛んでくるのが面白いらしくって」

いつもお守りをしているおたきが判じ物を解いた。

「はは、なるほど。蝶々が飛んでくる川の土手へ行きたい、なんて難しいことはとても言えないので、『ちょうちょ、いく』と約《つづ》めてるわけだ」

隠居が笑った。

「わらべはかわいいもんだね」

「うちのせがれもそういうころがあったんだが、いまは生意気ばかりでよ」

「そりゃしょうがねえや」

「ずっとわらべでいられたら困るぜ」

「違《ちげ》えねえ」

職人衆が掛け合っているあいだに、隠居の肴ができた。

蕗のとうの土佐煮だ。

春の香りのする天麩羅が美味な蕗のとうだが、ほかにもさまざまな料理になる。素揚げをすればあくが抜けるし、それから煮れば日もちもする。醬油に味醂を加えて煮た蕗のとうに、よく炒った削り節をかけた土佐煮は、酒の肴にはもってこいだ。

「なるほど、春の終い物だね。判じ物が解けたよ」

隠居が笑った。

同じ肴は職人衆にも渡った。

「土佐煮って筍ばかりじゃねえんだな」

「渋い肴だぜ」

「そうか？　甘みもあってうめえぞ」

「その『渋い』じゃねえや。のどか屋は粋で渋い肴を出すってことさ」

職人衆のかしらがうまくまとめたところで、千吉がまた声をあげた。

「ちょうちょ、ちょうちょ」

いまにも泣きだしそうな顔つきだ。

「はいはい、分かったわよ。おたきちゃん、悪いけどお守りをお願いね」

手が離せないおちよが言った。

「分かりました。じゃあ、ちょっと土手のほうへ行ってきます」

おたきは答えた。

「気をつけてな」

次の肴をつくりながら、時吉が声をかけた。

「なにかと物騒だからね」

善次郎の似面が描かれた貼り紙を、隠居が指さす。

その言葉を聞いたとき、おちよは胸のあたりがきやりとした。

しかし、千吉をつれたおたきを止めようとはしなかった。

おたきの人となりはよく分かっている。千吉をかどわかすなどということは、万に一つもありえない。

「あんまり遅くならないようにね」

おちよはおたきに言った。

「はい」

娘は笑顔で答えた。

二

岩本町から北隣りの松枝町《まつえだちょう》のほうへ向かい、さらに道なりに進むと、柳原通《やなぎわらどおり》に出る。

通りの向こうは柳原の土手だ。この神田川の土手には古くから柳が植わっていたらしい。その後、太田道灌《おおたどうかん》が鬼門除《きもんよ》けのために柳を植え足した。さらに、墨堤《ぼくてい》の桜も整備した八代将軍吉宗《よしむね》が大幅に補い、見事な柳並木となった。

筋違《すじかい》橋から浅草橋まで、およそ十町（約一キロメートル強）あまりに渡って並木が続いている。堤の上にはいわゆる土手見世が並ぶ。あきないをしないときは手軽にたたんでしまっておける簡便な見世構えだ。

あきなわれているのは、おおむね古着だった。ほかに、器やがらくたなども売られる。怪しげな易者や薬売り、それに大道芸人も八辻ヶ原《やつじがはら》のほうからしばしば流れてきた。

「ちょいとおべべを見ていこうかね、千ちゃん」

おたきは声をかけた。

足の悪い千吉の手を引いて歩いたらはかがいかないから、背に負うてここまで来た。さほどの道のりではないものの、ずいぶんと重くなってきたから足腰が疲れる。おたきはいったん千吉を下ろした。

「いい品があったら買ってきて」

おちよからはそう言われて、銭を預かってきた。

いざ見はじめると、品数が多いから目移りする。わらべの着物ばかりではない。ちょいと感じのいい衣装が目に入るたびに心がそこはかとなく動く。

そのうち、千吉は退屈になったのかぐずりはじめた。

「そうね、先にちょうちょね」

おたきはわらべにほほ笑みかけた。

風の香りがするような日和《ひより》だった。柳原の土手といえば、夜が更けると筵《むしろ》を持った夜鷹《よたか》が現れて春を鬻《ひさ》ぐ妖しい場所でもあるのだが、日中はそんな気配などみじんもない。

「根っこのとこに気をつけて」

千吉の手を引いて、柳並木のあわいを抜け、おたきは土手に上がった。

神田川の水が日の光を弾きながらゆるゆると流れていく。野菜の荷を積んだ舟が上流から近づいてくる。なんとものどかな晩春の光景だった。

「ちょうちょ、お花」

千吉の瞳が輝いた。

土手の花に向かって、小ぶりの黄色い蝶が舞い下りてきた。

「土手だから危ないよ。ゆっくり、ゆっくりね」

おたきは千吉の手を引いて、蝶々のほうへ近づいていった。

平たい地面ならそれなりに歩けるようになった千吉だが、土手だと勝手が違うと見え、もどかしいほど前へ進まなかった。かと言って、背負うわけにもいかない。下手《へた》をすると、おたきまで倒れてしまう。

やっと蝶に近づいたと思ったら、気配を察していともたやすく飛び去ってしまった。ほどなく、またべつの白い蝶が現れる。千吉は上機嫌で「ちょうちょ、ちょうちょ」と繰り返していた。

「千ちゃん、もう戻りましょう」

いくらか片づかない顔で、おたきが言った。

思ったより土手遊びが長くなったから、はばかりへ行きたくなってしまったのだ。

「ちょうちょ、きれい」

千吉はまだ遊び足りないような顔つきだった。

わらべの気持ちは分かるが、ここから土手を下り、また千吉を負ぶって岩本町へ帰るのは難儀だ。

（どうしよう……）

おたきは困った顔であたりを見た。

神田川には舟影がある。古着屋が並ぶ表通りほどではないが、土手を下りたところにそれなりの構えの稲荷《いなり》があったりするから、まったく人影がないわけではない。昼間に逢い引きをする男女の姿なども見える。物陰で用を足すこともできなかった。

とにもかくにも千吉の手を引いて、おたきは土手を下りた。町屋に出てはばかりを借りられれば、もう少し古着屋を見て、千吉の着物も買えるのだが……。

おたきはきょろきょろとあたりを見回していた。

このあたりに土地鑑はあまりない。どこへ行けばはばかりを借りられるか、見当がつかなかった。

しばらくもじもじしていると、向こうから片滝縞《かたたきじま》の着物をまとった年増女が近づいてきた。

「どうしたの？」

二重《ふたえ》の瞼《まぶた》がくっきりとした女は、にっこり笑ってたずねた。

「あの……どこかではばかりを借りたいんですけど」

おたきは勇《ゆう》を鼓《こ》してたずねた。

「ああ、はばかりね」

日の光のせいか、女の瞳が光ったように見えた。

何がなしに狐を彷彿《ほうふつ》させる面相だった。

その小鼻が、ふっ、とふくらんだ。

「浅草のほうへ半町ほど行って、亀島町《かめじまちょう》の辻を折れたら、三軒目にお蕎麦屋さんがあるわ。そこで借りられるから」

「あ、ありがとうございます」

おたきは弾《はじ》かれたように礼をした。

この女が現れたのは天の助けのように思われた。

「お子さんは見ててあげましょうか？　足がお悪いんでしょ？」

女はさらにそう言った。

一瞬、おたきは逡巡《しゅんじゅん》した。

見ず知らずの女に千吉を託していくわけにはいかない、といったんは思った。

しかし、千吉を負ぶっていけば時がかかってしまう。せっかく教えてくれたけれども、それでは間に合わないかもしれない。

「案じなくてもいいわよ。ずっとこの見世の前にいるから」

おたきの心の内を見透かしたかのように、女は言った。

「じゃあ、お願いします」

ここはもう思い切るしかなかった。不安げな顔つきをしている千吉を女に託すと、おたきは裾をはしょり、小走りで駆け出した。

「……ちょっと待っててようね、すぐだからね」

女が千吉に語りかける声を、おたきは背中で聞いた。

三

「ありがたく存じました。急いでいるので相済みません。今度また食べに寄らせていただきます」

蕎麦屋のおかみに向かってていねいに礼を言うと、おたきは見世を出た。

急ぎ足で柳原の土手へ戻る。

おたきはあまり目がよくない。そのせいで、初めは場所を間違えたのかと思った。女と千吉の姿が見当たらなかったからだ。

だが、そうではなかった。見世のあるじには見憶えがあったのに、二人はいなくなっていた。

「ここにいた子づれの女の人は？」

おたきは口早に問うた。

「『向こうも見てこようかね』って言って、あっちへ歩いてったよ」

あるじは気のない声で指さした。

おたきは舌打ちをした。

ずっとこの見世の前にいると言ったのに、勝手に動いてしまうとは。

おたきは早足で歩いた。

しかし、千吉をつれた女の姿はどこにも見当たらなかった。行けども行けども土手見世と柳が並んでいる。

「千ちゃん……千吉ちゃん！」

おたきは名を呼んだ。

しかし、答えはなかった。ときおり土手のほうも見たが、子づれの女の影は見当たらない。

「千ちゃん……千ちゃんはどこ？」

おたきは必死の形相で探した。

そのうち、土手見世のおかみが察して声をかけてきた。

「足がいくらか曲がった子かい？　探してるのは」

「そうです、そうです。女の人に預かってもらってたんですが……」

おたきは勢いこんで言った。

「それなら、あの角を折れていったよ」

おかみがそう指さしたとき、おたきの心の臓がきやりと鳴った。

焦《じ》れてほかの見世を見ているのならともかく、角を折れて脇道に入るのはおかしい。

「知らない女に預けちまったのかい？」

隣の土手見世のあるじが、いくぶん責めるようにたずねた。

おたきはうなずいた。

唇がふるえて声にならなかった。

「人さらいだったらいけねえ。ここんとこ、物騒だっていううわさだからな」

もう矢も盾もたまらなかった。

おたきは言われた角を曲がり、千吉の名を呼びながら走った。
次の辻も、そのまた次の辻にも、千吉と女の姿はなかった。
もはや疑いはなかった。
取り返しのつかないことをしてしまった。
千吉は、さらわれてしまったのだ。
そう思うと、おたきの心の堰《せき》が切れた。
往来のなかで、おたきは大声で泣きはじめた。

第四章　筍の臭和《くさあ》え

一

「泣くばっかりじゃ、仕方がないんだがね。まあ無理もないが」

のどか屋の一枚板の席で、人情家主の源兵衛が言った。

日はだんだん西へ傾いてきた。

千吉のゆくえが知れなくなってから、あたりを手分けして探したけれども、いまだに見つかっていない。のどか屋の雰囲気はいつもと様変わりしていた。どの顔にも憂色が濃かった。

のれんをくぐるなり、おたきは泣き崩れた。

子細を聞いた時吉とおちよは、あわててその謎の女と千吉のゆくえを追った。とにもかくにも番所に知らせ、すれ違う見知った顔に次々に伝えた。岩本町はにわかに蜂の巣をつついたような騒ぎになった。

　女と千吉らしい客を乗せた駕籠を見かけた者はいた。中からわらべの泣き声が響いたため、不審に思った者がいたのだ。

　しかし、日本橋のほうへ向かったというやや頼りない証《あか》し言《ごと》が得られただけで、そこから先の足取りはたどれなかった。

　おたきの話を聞いて、さしものおちよも怒った。

　大事な一人息子を預かっておいて、素性《すじょう》の知れない女に託してしまうとは、不注意にもほどがある。

　おたきは泣くばかりで、まったくらちが明かなかった。このままのどか屋に置いておくわけにもいかない。おたきは家主の源兵衛が店子に命じて長屋に連れ戻した。

「ちゃんと見張っているのかい？　後生《ごしょう》の悪いことが起きたらなおさら困るよ」

　隠居が家主に小声でたずねた。

　わが身を責めるあまり、おたきが軽はずみなことをしてはという気遣いだった。先月の大火で二親《ふたおや》を亡くし、今日またとんでもないしくじりをしてしまった。世をはかなんでもいっこうにおかしくはない。

「そのあたりは、長屋の者にちゃんと言ってありますので」

源兵衛も声をひそめて答えた。

「はあっ……」

と、おちよは太息《ふといき》をついた。

表には貼り紙を出し、見世は休むと告げてある。のれんもしまった。

それでも、のどか屋には入れかわり立ちかわり町の衆が現れた。少しでも役に立てることはないかと声をかけにきてくれた。

おちよは気丈に応対していた。それでも、ひと息つくと、悪いことばかり頭に浮かんできて続けざまにため息が出てしまう。

時吉は駕籠が千吉と女を運んでいったらしい日本橋の界隈《かいわい》を探しにいった。首尾よく見つかればいいが、ゆくえが分からなかったときは、とりあえず長吉屋に告げてくると言い残して出ていった。

あれからもう一刻あまり経つ。

いまにも時吉が千吉を抱いて帰ってくるのではないか。終わってみれば笑い話になるのじゃなかろうか。

おちよはそう思いこもうとしたが、心の中にはそれを信じかねているもう一人のわが身がいた。

外でわらべの泣き声がしたから、すわと思って飛び出したが、似ても似つかない近所の子だった。それやこれやで、むなしく時だけが過ぎていった。

「町方にも言ってあるんだし、そのうち見つかるよ、おちよさん」

隠居がそう言って励ました。

「ええ……見つかるといいんですが」

胸にこみあげてくるものをこらえながら、おちよは答えた。

「これだけ町を挙げて鉦太鼓《かねたいこ》で千ちゃんを探してるんだ。見つからないはずがないさ」

源兵衛は無理に笑みを浮かべた。

のどかがおちよの足元にすり寄り、「みゃ」と短くなく。

いきなり尻尾をつかんだりする千吉は苦手としているが、見世の雰囲気を察したのかどうか、猫まで案じ顔に見えた。

「本当に、みなさん親身になって探していただいて、ありがたいことです」

おちよが言った。

「そりゃそうさ。のどか屋あっての岩本町だからね」

と、家主。

「のどか屋の角灯りが見えたら、『ああ、町へ帰ってきた』と思うらしい」

隠居も和す。

そのとき、見世の前でばたばたと人の気配がした。

「まだ見つからねえかい」

のれんを分けて入ってきたのは、湯屋の寅次だった。

うしろに娘のおとせ、それにその連れ合いの吉太郎《きちたろう》もいた。

「ええ、まだなんです。……お見世はいいの？　吉太郎さん」

おちよが問う。

吉太郎はのどか屋で修業をした時吉の弟子だ。

「ええ。『小菊』は早じまいにさせていただきました」

「千ちゃんがゆくえ知れずになっちゃったんだから、それどころじゃないんで」

いつも明るいおとせが眉根を寄せた。

そのかたわらに、見慣れない男が立っていた。

「こちら、うちのお客さんで、似面の名人なんで呼んできたんでさ」

寅次が紹介した。

「まあ、絵師さんですか。なにとぞ、よしなに」

おちよが頭を下げる。

「いえ、絵師ではないのですが……」

濃紺の褊綴《へんてつ》姿の男がそう言って寅次の顔を見た。

「こちらは伊勢崎東明《いせざきとうめい》先生、儒学者で辻説法《つじせっぽう》をしながら似面を描いている方でして」

湯屋のあるじが紹介する。

「実入りは似面のほうが多いので、絵師みたいなものですね。このたびは大変な取りこみごとで、心中お察し申し上げます」

品のいい顔をした四十がらみの男は、おちよに向かって頭を下げた。

「では、千吉の似面を描いていただけると？」

「ええ。顔や体つきの感じをお聞かせいただいてから下絵を描きます。それを見ていただいて直していけば、ご本人にそっくりな似面になりましょう」

東明は自信ありげに言った。

「時吉さんが千ちゃんを見つけてくれれば、無駄骨になるんだがね。早めに何か手を打ったほうがいいと思って」

と、寅次。

「そりゃいい思いつきだよ。後手に回るよりはずっといい」

隠居が賛意を示した。

「似面ができたら、うちにも貼らせてもらいますので」

吉太郎が言う。

「昼日中に千ちゃんを駕籠に乗せたんだ。そのうち足どりが分かるさ」

源兵衛がうなずいた。

「なら、さっそく」

儒学者で似面描きという変わり種の男は、巾着《きんちゃく》から矢立《やたて》と硯《すずり》を取り出した。

東明が住んでいるのは橋向こうだが、八辻ヶ原でよく辻説法と似面描きを行っている。湯屋道楽もあって岩本町の湯屋に何度も通っているうち、寅次と顔なじみになった。いま貼っているおたきの弟の善次郎の似面も、東明が描いたものだ。

おちよから話を聞きながら筆を動かしているうち、たちどころにわらべの顔が描きあがった。

「いかがでしょう」

東明が問う。

「いま少し、目がぱっちりしています。それと、耳をもう少し大きく」

おちよが答えた。

「福耳だからね、千ちゃんは」

下絵をのぞきこんで、隠居が言った。

「鼻筋もあと少し通したほうがいいでしょうな」

と、寅次。

「足のことも書いておかないと」

「そうだね。何より分かりやすいから」

「それと、さらわれたときの着物の色と柄《がら》も」

おとせと吉太郎も知恵を出した。

その甲斐あって、何枚か反故《ほご》を出したのち、思わずため息がもれるほどの似面ができあがった。

「あとは千ちゃんをさらっていった女の似面だね」

隠居が家主の顔を見た。

「いまは泣いてるばかりでらちが明かないと思うけど、明日になったら少しは落ち着くだろう」

「女の顔を見てるのは、おたきちゃんだけなんだから」

おちよはそう言って、またため息をついた。

そんな話をしているあいだも、東明は筆を動かしていた。のどか屋と湯屋と小菊、三つのところに貼る似面が見る見るうちにできあがる。

「では、わたしはこのへんで。明日も八辻ヶ原で説法をしていますので、女の似面描きがあるのでしたら呼びにきてください」

東明は控えめに手を挙げた。

「ありがたく存じました」

おちよがていねいに頭を下げた。

「今日はこれからどちらへ？」

寅次がたずねた。

「四谷《よつや》のほうの湯へまいります。江戸は八百八町《はっぴゃくやちょう》、その湯屋にすべて入って一書を著《あらわ》すのがささやかな夢でしてね」

わずかに笑みを浮かべると、腕の立つ素人絵師はおちよのほうを向いて言った。

「では、息子さんが一刻も早くお戻りになりますように。陰ながらお祈り申し上げております。これにて、御免くださいまし」

気持ちのこもった礼をして、東明はのどか屋から出ていった。

二

それからほどなく、小菊の二人は似面を手にして帰っていった。明日の仕込みもしなければならない。

寅次は息子が呼びにきた。人がだんだんに減ると、千吉がいないことがなおさらつらく感じられた。

外はさらに暗くなった。見世は閉めているから、軒行灯に火は入れない。

猫たちにえさをやり、隠居と家主の燗をつけたところで、表でまた人の気配がした。

響いてきた声で分かる。

長吉と時吉だ。

「おう……帰ってねえか？」

見世に入るなり、長吉がやにわに問うた。

おちよは黙って首を横に振った。

「まったく、えれえことになりやがった」

豆絞りに紺の作務衣《さむえ》、いつもの料理人のいでたちだが、顔つきがまったく違う。

「町を挙げて探してるんだがねえ」

と、隠居。

「貼り紙も出したんですが」

源兵衛が似面を指さした。

「ほう……よく描けてるが、のどか屋に出したってしょうがねえじゃねえか。みんな、千吉のことは知ってる」

「だって、おとっつぁん、この先、一見《いちげん》のお客さんが来るかもしれないじゃない」

おちよが言った。

「この先、か」

長吉は顔をしかめた。

「そんなに長くかかったんじゃたまらねえぜ」

そう言うと、古参の料理人は軽く手刀《てがたな》を切り、隠居の隣に腰を下ろした。

「で、千吉の手がかりはなかったの？　おまえさん」

おちよが問う。

「日本橋のあたりで駕籠屋をしらみつぶしに当たってみたんだが、千吉を乗せた駕籠は見つからなかった」

いささか疲れの見える顔で、時吉は答えた。

「ほんとに、どうしよう……」

燗酒の按配をしながら、おちよは泣きそうな顔になった。

おれにも一本つけてくれ、と長吉が指を立てる。

「ただ、町方の同心の旦那から声がかかったので、よくよく子細を告げておいた」

「そう」

おちよは短く答えて、厨の立ち位置を時吉に譲った。

そして、何とも言えない顔つきになった。

いつもなら、こうして手が空くたびに千吉の相手をしてあげる。

その千吉がいない。

いくらぐずってもいい。泣きわめいてもいい。

あの声を聞かせてほしかった。わが子の無事な顔を見たかった。

「ありものでいいから、肴もくれ」

長吉が所望した。

「承知しました」

時吉は気を変えるべく、「はっ」と息を一つ吐いてから包丁を握った。

「時吉が血相を変えて入《へえ》ってきたから、何事かと思ったんだが……まさか、千吉がな」

長吉にとってみれば、だれよりもかわいがっていた初孫だ。ずいぶんと肩が落ちていた。

「いったいどういう料簡なんでしょうかねえ」

おちよから燗酒を受け取り、隠居の酌をやんわりと断ってわが猪口に注いでから、源兵衛が言った。

「分かるかい、そんなもの」

長吉はいらだたしげに言った。

「おのれの子にしちまおうっていう料簡かもしれねえ。どうあっても子がほしいと思い詰めてたところへ、ふらっと千吉をつれた娘が現れたもんだから、これ幸いとばかりに声をかけてかっさらっていったのかもしれねえな」

豆絞りの料理人は、そう言って腕組みをした。

「でも、おとっつぁん、急に思いついたにしちゃ、芝居に手がこんでるじゃないか。おたきちゃんの話を聞くかぎりでは、ちゃんと膳立てをしてから千吉に……」

白羽の矢を立てたのじゃないか、と言おうとして、おちよは言葉を呑みこんだ。

わが子の胸に矢が突き刺さっている。そんなろくでもない場面がふっと浮かんできてしまったのだ。

「駕籠屋はしらみつぶしに当たったんだ」

肴をつくりながら、時吉は言った。

「それでも見つからなかったってことは、千吉をさらった女と駕籠屋が口裏を合わせて……」

「同じ一味だったってことか、時吉」

長吉がいくらか身を乗り出す。

「あらかじめ筋書きがあって、女はそのとおりに動いたと考えるほうが腑《ふ》に落ちると思うんです」

「たしかに、行きあたりばったりで千ちゃんをさらって、ちょうどいいところに駕籠が来たっていうのは都合がよすぎるかもしれませんね」

家主がそう言って、長吉の顔を見た。

「なら、江戸じゅうの駕籠屋をしょっぴいてたたいてやればいい。すねに傷を持つどこかの駕籠屋が吐くだろうよ」

「そんな荒っぽいこと言わないでよ、おとっつぁん」

おちよがあきれたように言ったとき、肴ができた。

筍の臭和えだ。

葱を細かく刻んですり鉢でよくすり、だしや煎酒で按配よく溶いた味噌をまぜる。葱の臭みを風味に変えた肴だから、臭和《くさあ》えという名がついた。

蕗のとうの土佐煮もまだ残っていた。千吉のゆくえが知れなくなったのに合わせたわけではさらさらないが、ほろ苦い肴が並んでしまった。

「まあ、なんにせよ……」

猪口の酒を呑み干してから、長吉は口を開いた。

「前を向いて行こうじゃねえか。千吉はきっと見つかる。おれが見つけてやる」

「その意気だね」

隠居も和した。

「泣いてばかりじゃ始まらない。打てる手はすべて打って、あとは天の助けを待つしかないね」

「それなら……」

おちよが貼り紙を見た。

「この似面を描き増しして、おとっつぁんのお弟子さんの見世を回って貼ればどうかしら。うちに貼るよりはずっといいかも」

「おう、そいつぁいい考えだ」

　長吉はすぐさま乗ってきた。

　江戸の料理屋番付にも載っている長吉屋には、ほうぼうから若い衆が包丁の修業にやってくる。晴れて一本立ちとなったあかつきには、「吉」の名を与えてのれん分けをする。時吉の兄弟子や弟弟子《でし》は江戸のいたるところに見世を構えていた。

「描き増しができる若い者にも心当たりがある。さっそく貼ってやろう」

　江戸っ子らしく気の短い長吉は、いまにも動き出しそうな感じで言った。

「でも、師匠、女の似面もあったほうがいいんじゃないでしょうか」

　時吉が言った。

「そうよ、おとっつぁん、千吉よりその女のほうが人の頭に残ってると思う」

　おちよも和す。

「それもそうだな」

　長吉は再び腕組みをした。

「おたきちゃんがしゃんとしてくれて、似面がうまく描けたら、うちの店子に持っていかせましょう」

源兵衛が段取りを進めた。

「なるほど、それがいいな」

長吉がうなずく。

「ともかく、のどか屋がいままで培《つちか》ってきた人のつながりってものがあるからね。みんなで知恵を出し合っていけば、きっと千ちゃんは見つかるさ」

隠居の言葉に、おちよはうるんだ目でうなずいた。

第五章　茶殻かき揚げ

一

「こんな感じでよろしいですか？」

総髪の男が穏やかな笑みを浮かべてたずねた。

「はい……」

おたきは消え入りそうな声で答えた。

似面はよくできていた。あのときの女にそっくりだった。

それだけに、たまらなかった。昨日から食事はほとんどろくに喉を通っていない。

わが身の不注意で千吉をさらわれてしまったと思うと、胃の腑が食べ物を受けつけてくれなかった。

千吉と一緒にのどか屋へ戻った夢を見た。

ああ、よかった……。

そう安堵して目を覚ましたとき、おたきは長屋に独りでいた。千吉の姿はどこにもなかった。

差しこんでくる日の光がうとましかった。おたきは押し入れに入り、またひとしきり泣いた。

家主の源兵衛は、八辻ヶ原で講釈をしている伊勢崎東明を捕まえてきた。千吉をさらった女の似面を描いてもらうためだ。

初めのうちは泣いているばかりでらちが明かなかったが、女の似面をほうぼうに貼れば千吉のゆくえが分かるからと言うと、おたきはようやく涙をふいて少しずつ証言を始めた。

そして、東明による似面がいまできあがったところだ。

「なら、これを長吉屋さんに運んで描き増しをしてもらいましょう」

源兵衛が言った。

「こちらでも使うでしょう。あと三枚ほど描いておきましょう」

儒学者の似面描きはそう言って、墨をすりはじめた。

「おーい、富八はいるかい？」

家主は大声で問うた。

長屋の壁は薄い。ほどなく、「へーい」と返事があった。

「悪いが、この似面を福井町の長吉屋さんへ運んでおくれでないか」

「合点で。例の人さらいの似面ですね？」

野菜の棒手振りが訊く。

「そうだ。向こうの若い衆が描き増しをして、お弟子さんの見世に貼り出す段取りになってる」

「承知」

そう言うなり、富八は似面をつかんで駆け出していった。

「これでよし、と」

ややあって、東明は筆を措《お》いた。

「あとは墨が乾いたら、目立つところに貼ってください。またいずれ描き増しにうかがいましょう」

「助かりました。ありがたく存じます」

家主が頭を下げた。

「少しでもお力になれれば」

そう答えた東明は、やおらおたきのほうを向いた。

そして、にわかに表情をやわらげて言った。

「わたしは辻説法で同じことをよく言ってるんだよ。往来を見ると、明らかに難儀をされている人たちがいる。なかには家を焼け出されて、荷車に残った家財道具を積んでつらそうにのろのろと進んでいる人もいる。火事場ではぐれてしまった人の名を呼んでいる人だっている」

「わたしも、先月の火事でおとっつぁんとおっかさんを亡くして、手を引いていた弟とはぐれてしまって……」

おたきは声を詰まらせた。

「弟さんの似面を描くときにも聞いたよ。そのうえ、こたびの騒ぎだ。おたきちゃんの細い肩の上に、ずいぶん続けて重い荷が乗せられてしまったね」

東明が情のこもった声で言うと、おたきはかろうじて小さくうなずいた。

「でも、わたしは説法を聞いてくださるみなさんによく言うんだ。そういった重い荷を背負える者にしか、天はつらい荷を与え給わない、と。これは天があなたを試しているのだ、と」

「試している……」

おたきは少し目を上げた。痛ましいほど真っ赤に腫《は》れた目だ。

「そうだよ。これは、と見込んだ者にしか、天は重い荷物を与え給わないんだ」

東明は繰り返した。

「どうしておのれだけこんな目に遭わなければならないのか、と天を恨むこともあるかもしれない。あるいは、世をはかなむことだってあるだろう。それでも、そこで踏ん張らないとね。いつか重い荷物を運び終えたら、天から御恩《ごおん》の光が降り注いでくる。心から笑える日がきっとやってくる。だから、あんまりくよくよしないで、涙をふいて、顔を上げて歩いてください」

「先生の言うとおりだ」

家主の呼び名が変わった。

「おたきちゃんがしゃきっとしたら、千吉ちゃんも帰ってくるさ」

「はい……」

喉の奥から絞り出すように、おたきは短く答えた。

「わたしも、千ちゃんを探します」

「その気持ちだ」

人情家主が笑みを浮かべる。

「でも、ちゃんと食事をしておかないと行き倒れてしまうよ。普通に歩けるようになったら、探しにいくといい」

東明が温顔で言った。

「そうします」

おたきは手の甲で涙をぬぐった。

二

ありがたいことに、のどか屋には入れかわり立ちかわり人が現れ、千吉のためにひと肌脱ぐと言ってくれた。

よ組の火消し衆も来てくれた。

火事場で働くことだけが火消しの仕事ではない。平生《へいぜい》は普請場《ふしんば》などで働き、いざ事あらば火消しに早変わりする者も多かった。

縄張りが決まっているから、土地《ところ》の名主や御用聞きなどと力を合わせ、良からぬことが起こらないようにするのも火消しのつとめだ。

よその火消しには、むやみに縄張り争いをしたり、酒を呑んでは因縁をつけたりする輩《やから》もいるようだが、「よ組のよは、よい人のよ」と言われるほどの評判だ。困っている者を見かけたらひと肌脱ぐのが、よ組の心意気だった。

ましてや、見知り越しののどか屋の危難だ。かしらの竹一も纏持ちの梅次も、親身になって話を聞いてくれた。

「駕籠が向かったのは、おれらの縄張りですからね。なんとしてでも千吉ちゃんを見つけ出しますよ」

梅次は力強く言った。

「これだけよくできた似面があるんだから、気を入れて探しゃ、きっと見つかりましょうや」

竹一も和した。

先だっては月命日の集まりで座敷だったが、今日は二人だけだ。檜の一枚板の席に陣取っている。

「どうか、よしなにお願いいたします」

時吉は頭を下げた。

おちよの姿はなかった。昼の客の波が引くと、百度を踏みに出世不動まで出かけるのが日課になった。神信心でもしなければ、千吉の身を案じるあまり気鬱《きうつ》になってしまいそうだったからだ。

「頼むな、火消しさんたち」

「おれらは居職《いじょく》だから、なかなか探しにもいけなくてよ」

「すまねえなあ、役に立たなくて」

座敷の職人衆が口々に言った。

盥《たらい》などをつくっている町内の職人衆だ。遠くまで出張《でば》っていくことはめったにない。

「おう、任せな」

竹一が軽く手を挙げた。

「なにとぞ、よしなにお願いいたします。……お待ち」

時吉が頭を下げてから肴を出す。

たたみいわしの炙《あぶ》りだ。

焼き網を熱してからたたみいわしをのせ、裏表を返しながら炙《あぶ》る。香ばしい香りが漂いはじめ、狐色に染まってきたらできあがりだ。

あとは食べよい大きさに割って出すだけという簡明な肴だが、酒の供にはもってこいの一品だった。

「たたみいわしってのは、江戸の町みてえなもんだな」

火消しのかしらがふと思いついたように言った。

「そのココロは？」

梅次が問う。

「たたみいわしにゃ、目がたくさんついてるじゃねえか」

「ああ、なるほど」

「それが寄り集まって、いい按配の味になってる」

竹一はそう言って、ぱりっと肴をかんだ。

そのとき、のれんが開いておちよが戻ってきた。

「まあ、いらっしゃいまし」

火消しの二人に声をかけたが、いつもの華はなかった。

出世不動まで行き帰りするあいだに、千吉が見つかるかもしれない。そんな思いを胸にいつものどか屋を出ていくのだが、今日も不首尾に終わってしまったことは表情を見ればすぐ察しがついた。

「邪魔してるよ」

「似面をもらいにきたんでさ」

と、火消し衆。

「よしなにお願いいたします」

頭を下げたおちよは、一つため息をついた。

今日も千吉はいなかった。見世にも帰っていなかった。そう思うと、思わずため息がもれた。

往来で似た背格好のわらべを見かけるたびに、千吉じゃないかと吐胸《とむね》を衝《つ》かれる。しかし、瞬きをしてよく見ると、それは似ても似つかないよその子なのだった。

「大変だな、おかみ」

「早く見つかるといいな」

職人衆からも声がかかった。

「ありがたく存じます。あしたは休みなので、日本橋のあたりを探してこようかと」

おちよは気丈に答えた。

「うちの若《わか》えもんにもよくよく言っとくから」

竹一が目をしばたたかせた。

「一つ手がかりが見つかりゃ、そこからどんどんほぐれていきますよ」

梅次も和す。

「火消しってのは馬鹿だから、ともするとつまらねえ争いごとをやっちまう。ここはおれらの持ち場だから、おめえらが顔を出すなっていう按配だ」

竹一は猪口の酒を呑み干してから続けた。

「だがな、おれに言わせれば、そいつぁ料簡が違う。組同士で争うんなら、どっちの縄張りのほうがよりたくさん人助けをしたか、そういうことで争え、と若えもんには言ってるんだ」

かしらの言葉を聞いて、時吉もおちよもうなずいた。

「ま、そういうわけで、よ組の顔にかけて千吉ちゃんを探し出すから、もうちょっと待ってくんな」

かしらはそう請け合った。

三

火消し衆と職人衆が去り、凪《なぎ》のような静けさになると、時吉はまじないめいた料理をつくりはじめた。

ほどなく、隠居と家主が入ってきた。

「今日はあんみつの旦那が見えるのかい？」

匂いを察して、季川がたずねた。

「そういうわけじゃないんですが、もし見えたらお出しできるように、つくりはじめたところです。それに……」

手を動かしながら時吉は言った。

「それに？」

家主が先をうながす。

「こいつは千吉の好物だったんでね」

「だった、はないでしょう、おまえさん」

おちよが言葉尻をとらえて、珍しくきっとした顔で言った。

「ああ、すまない。千吉の大の好物なんですよ」

そう改めて、時吉はしゃもじを動かした。

つくっているのは、ぜんざいだった。

同じ小豆《あずき》を使う甘いものでも、ぜんざいと汁粉は違う。裏ごしをしてなめらかにする汁粉に対して、ぜんざいは粒を残す。どちらを選ぶかは、むろん好みだ。

千吉はぜんざいのほうが好きだった。どうやらつぶつぶが残るほうがいいらしい。

普通は焼いた餅を入れるのだが、喉を詰まらせたりしたら大事《おおごと》だからわらべには入れない。小豆を気長に煮て砂糖を加えてつくったぜんざいを、おちよがふうふうしてさまし、木の匙《さじ》ですくって食べさせてやると、幼い千吉はそれはそれはうれしそうな顔つきになったものだ。

「好物の香りに誘われて、帰ってきたりしないものかねえ」

源兵衛が言った。

「どうでしょうか。鰹節を削り出すと、猫が戻ってきたりしますが」

時吉は寂しそうな笑みを浮かべて、ひとつまみの塩を鍋に投じた。

ぜんざいの味加減を決めるのは、この最後の塩だ。ほどよい量の塩を加えると、ふしぎなことにさらに甘みが深くなる。ぜんざいばかりではない。羊羹《ようかん》などでも要領は同じだった。

ちなみに、余ったぜんざいには寒天と水飴を加えて黒羊羹にする。冬場ならそれなりにもつから、二度のおつとめを果たしてくれる。

「できましたが、ご隠居と家主さんはどうされますか？」

時吉は問うた。

「締めのほうがよさそうだね」

「わたしも」

一枚板の席の客が答える。

「こっちはそろそろ終わりだから、一杯くんな」

「酔いざましにはちょうどいいや」

座敷の職人衆が手を挙げた。

「承知しました」

時吉はできたてのぜんざいにこんがりと焼きあがった切り餅を入れた。

そのとき、ふっとのれんが開いて客が入ってきた。

「来ましたね。大きな猫が」

隠居が笑った。

「この匂いにさそわれたんでしょう」

家主も表情を崩した。

のどか屋に姿を現したのは、安東満三郎だった。

「うん、甘え」

あんみつ隠密が言った。

何度も聞いたせりふだが、こたびは「甘え」の響きがことによかった。

ほどなく、職人衆が腰を上げた。

おちよが見送る。

「あしたにでも帰ってくるよ、千ちゃん」

「おれらも近くのお稲荷さんにお願いしてるから」

「きっと無事さ。しっかりしてくれよ、おかみ」

客の励ましが心にしみた。見送って戻ってきたとき、おちよは目元に指をやった。

小腹が空《す》いたと家主が言うので、時吉は次にかき揚げをつくった。新茶の出し殻をうまく使った珍しいかき揚げだ。

一緒に合わせるのは紅生姜、牛蒡《ごぼう》、人参の三種だ。牛蒡と人参はきんぴらにも使う。紅生姜は玉子とともに炒めて白胡麻と胡椒を振ると美味だ。

おいしい新茶をお出ししたあとに、出し殻でもう一品つくる。しかも、それぞれに味と彩りの違う三種のかき揚げだ。食材はどこも無駄にせず、小粋な肴に仕立てるのも小料理屋の心意気だった。

「からっと揚がってるね」

「ほんのちょいと茶の香りが漂ってくるのが何とも言えないよ」

隠居と家主が言う。

「紅生姜もこうしてみると甘えじゃねえか」

「いえ、安東様のつゆにだけ味醂を足したもので」

「道理で。紅生姜が甘えわけじゃねえんだな」

あんみつ隠密がそう言ったから、のどか屋にささやかな和気が漂った。

だが……。

それはほんの束《つか》の間《ま》だった。少し前までは千吉の声が響いていた。そのわらべの声がない。

「で、その後の話なんだが……」

安東は箸を置いて続けた。

「前にもちらっと言ったとおり、どうもここんとこ神隠しが多すぎる。江戸の町で、男の子ばかりさらわれているようなんだ」

「うちの子も、そのなかの一人というわけですね?」

座敷の片付けを終えたおちよがたずねた。

「おそらくはな」

安東は心持ち顔をしかめて、隠居から注がれた猪口の酒を呑んだ。

「こうやって似面を貼って、わらべをさらわれた者たちが一人ずつ探していく。言ってみりゃ、一本釣りをしていくのも、むろん大事なことだ」

あんみつ隠密は、見世に貼られている千吉の似面を指さした。

おたきの弟の善次郎の似面は、申し訳ないがいったん外させてもらった。おたきに悪気がなかったことは重々分かるし、責めてはいけないとは思うのだが、やはりおちよとしては心にわだかまるものがあったからだ。

「そうすると、ほかに手立てがあるっていうことだね？」

隠居がいくらか身を乗り出した。

「網を絞るんですよ、ご隠居」

あんみつ隠密は妙な手つきをした。

「男の子ばかりさらわれてるってのは妙だ。これには何か裏があるに違いない、と筋道を立てて考えていけば、何か見えてくるはずでしょう？」

「いっこうに何も見えないがね」

家主が首をひねった。

「女の子しかいない家は男の子を欲しがります。世継ぎのいない家なら、なおさらでしょう」

時吉が言った。

「あるじの言うとおりだ」

安東は一つうなずいてから続けた。

「求めがあるところに、思わぬあきないが生まれることがある。おれはそのあたりに網を張りたいと思ってるんだ」

「すると、千吉はだれかに金で売られると？」

おちよの顔つきが険《けわ》しくなった。

「まだそうと決まったわけじゃねえんだ、おかみ」

あんみつ隠密はあわてて言った。

「ただ、そういったことも頭の隅に入れといて、網を張ったり絞ったりしなきゃならねえ。おれはそう考えてる」

いくらか沈黙があった。

どこのだれか知らないが、男の子をかどわかしては大枚で売りつけている。そんなあきないを思い浮かべただけで吐き気がしそうだった。

「ここだけの話だが……」

安東は声を落とした。

「上様《うえさま》も初めのうちはお世継ぎがなかなか育たず、ずいぶんと苦労をされた。いまはうじゃうじゃいすぎて、逆に押しつけるのに苦労してるんだが……こりゃあ、ここだけの話だぜ」

黒四組の組頭は唇の前に指を立てた。

「そうすると、千ちゃんがどこかのお侍の世継ぎになったり……」

家主はそこで口をつぐんだ。

おちよの案じ顔が目に入ったからだ。

「侍だけとはかぎらねえさ。世継ぎのいねえ大店《おおだな》とか、どうあっても男の子がほしい金持ちとか、いろいろと考えられる」

あんみつ隠密はとがったあごに手をやった。

「そういった男の子を集めておくにしても、泣き声はするだろう。そのあたりはどうなんだろうねえ」

季川が腕組みをした。

「いいところへ目をつけたぜ、ご隠居。おれもそれを考えてたんだ」

「うちの長屋みたいなところじゃ、すぐ足がついてしまうね」

と、源兵衛。

「となりゃ、よほど人里離れたところか、構えの大きなところに集めてるんだろうな。そのあたりからでも網を絞っていけると思う。まあとにかく……」

あんみつ隠密はいくぶん目をすがめてから続けた。

「おれの手下は、いるようないねえようなはっきりしねえもんだが、町方《まちかた》や火盗改《かとうあらため》にも息はかけられる。そのあたりも使って、網を張っていくつもりだ」

安東はそう請け合った。

「わたしらも、明日は見世を休みにして千吉を探しにいきます」

時吉が言った。

「どのあたりだい？」

「駕籠がゆくえ知れずになった日本橋のあたりを探します」

「消えるわきゃねえんだから、そのうち手がかりはつかめるさ」

あんみつ隠密は笑った。

その言葉に、おちよは二度、三度とうなずいた。

第六章　力屋《ちから》の入り婿

一

翌日、時吉とおちよはのどか屋を閉め、日本橋の界隈を探した。千吉をさらった女を乗せた駕籠が消えた町だ。

しかし、似面を見せながらいくらあたっても、これといった知らせを得ることはできなかった。

日本橋には魚市場があり、その南の室町《むろまち》には青物屋が並んでいる。仕入れなどでなじみの者に声をかけながら千吉のゆくえをたずねてみたが、はかばかしい収穫はなかった。

「こちとら急《せ》いてるんでい。邪魔すんな」

駕籠屋からは邪険《じゃけん》にされた。

時吉は思わず色をなし、おちよから止められたほどだった。

江戸でいちばん繁華なにぎわいがうとましかった。わが子をつれている者を見ると、つい目をそらしたくなった。

時吉は思わずため息をついた。

「ちょいとどこかで休んでいこうかね、おまえさん」

それと察して、おちよが声をかけた。

「そうだな。あそこにでも座るか」

時吉が指さす。

「蒲鉾《かまぼこ》屋さんね」

「見世の前で食べられるようになってるみたいだな」

紺ののれんには一文字ずつ「かまほこや」と染め抜かれている。屋号は嶋屋《しまや》というらしい。

職人たちが魚をすりおろしたり、板に塗りつけたりしている。見世の前には大きな傘と板張りの席がしつらえられており、売り物の蒲鉾の料理を食べられるようになっていた。

「いらっしゃいまし。御酒はいかがなさいますか？」

長床几に腰を下ろすなり、見世の中から女が現れて注文を聞きにきた。

「いや、茶でいい」

「蒲鉾のお寿司がおすすめになっておりますが」

「ほう、珍しいね」

「あと、三色《みいろ》のお刺し身など、とりどりにそろえさせていただいております」

女は如才なくすすめた。

「では、寿司と刺し身をもらおうか」

「承知いたしました」

ややあって、注文した品が運ばれてきた。

縁《ふち》が赤い日の出蒲鉾、同じく青い青山蒲鉾、それに、玉子の黄身をふんだんに用いた黄金《こがね》蒲鉾。皿の上で三色の蒲鉾があでやかな姿を見せている。

いつもなら歓声をあげるところだが、今日はここまでさしたる収穫がない。おちよは何も言わなかった。

職人が目の前の見世で手わざを披露している蒲鉾は、ぷりぷりしていてなかなかの美味だった。

だが、やはり何かが足りなかった。蒲鉾のせいではない。二人のあいだにちょこんと座っているはずの千吉がいない。

「千吉なら、どの色を選んだだろうかね」

時吉はふとそう口にした。

「わたしもそう思った」

おちよはそう言って、寂しそうな笑みを浮かべた。

それきり時吉は黙りこんだ。千吉ならこの色を選んだだろうという話をしたら、なおさら寂しくなってしまいそうだったからだ。

醬油の小皿に蒲鉾寿司をつけ、時吉は口に運んだ。

これもうまかった。寿司飯もさることながら、握り具合がちょうどよかった。口《こう》中《ちゅう》で飯がほぐれる感じと、蒲鉾のかみ味が絶妙に響き合っている。

しかし、やはりどこか寂しい味がした。蒲鉾の裏に潜んだ練り山葵《わさび》が苦く感じられた。

時吉は湯吞みに手を伸ばした。おちよも続く。

往来を眺めながら、のどか屋の二人はしばらく黙って茶を吞んでいた。

「あら」

ややあって、おちよが湯呑みを置いた。

「あの人は……」

指さしたほうを、時吉はじっと見た。

他人の空似ではなかった。

手に包みを提げて通りを歩いていたのは、鎌倉町《かまくらちょう》の半兵衛《はんべえ》だった。のどか屋が三河町にあったころはよく顔を出してくれた十手《じって》持ちだ。

「親分さん！」

時吉が声をかけると、向こうも気づいた。

「これはこれは、無沙汰でございます」

半兵衛は歩み寄って、腰をいい按配に折った。

相変わらず様子のいい男だ。髷《まげ》と着物と身のこなし、どれも一分《いちぶ》の隙《すき》もない。

「本日の見世はお休みで？」

半兵衛はたずねた。

「ええ。息子がゆくえ知れずになってしまったものですから、探しにきたんです」

おちよは包み隠さず言った。

「ゆくえ知れずに？」

十手持ちの目が光った。

「こういう似面をつくって、探し回っているところです」

時吉が似面を見せた。

半兵衛はあたりを見回してから言った。

「ここじゃちょいと人目がありましょう。もしよろしければ、汁粉屋ででもお話をうかがいましょうか」

「承知しました。それはぜひ」

時吉の声に力がこもった。

二

通銀町《とおりしろがねちょう》の外れのほうに、藤屋《ふじや》という汁粉屋があった。逢い引きに使われることもあるようで、うまい具合に仕切りがしつらえられている。人目をはばかる話をするには好都合だった。

いささか薄すぎる汁粉を呑みながら、時吉とおちよは半兵衛に子細を伝えた。勘ばたらきの鋭い十手持ちは、ときおりうなずきながら聞いていた。

なかなかの洒落者《しゃれもの》だから、帯などもあつらえる。今日はそれを受け取りがてら、日本橋の界隈をぶらぶら歩いていたらしい。

「それは案じられますね。お察しいたします」

あまり表情を変えない半兵衛が、整った顔に同情の色を浮かべた。

「親分さんの縄張りで、そういった神隠しは起きていませんでしょうか」

おちよはたずねた。

「うちのほうじゃありませんが、ちょいと耳にしたことがあります。なにかと物騒な世の中で」

半兵衛はいなせなしぐさでわが耳に手をやった。

「似面は何枚か持ってきました。これを、一枚」

時吉はわが子と人さらいの女が描かれた似面を差し出した。

「あっしは目の裏に書きつけましたので……清斎先生には？」

半兵衛はたずねた。

「いえ、そのうちお話しをしなければと思っていたのですが、なかなか手が空かなかったもので」

時吉は答えた。

「千吉は羽津さんに取り上げていただいたので、わたしも気になってたんですが」

　おちよも和す。

　清斎のつれあいの羽津は産科の女医者だ。名医と謳《うた》われた片倉鶴陵の弟子として、同じ皆川町で開業している。おちよが急に産気づいたとき、正しい対応をして救ってくれたのも羽津だった。

「なら、清斎先生か羽津先生の診療所に似面を貼るほうがよろしいでしょう」

　半兵衛がそう言ったとき、おちよの胸がわずかにうずいた。

　もしくは、高鳴った。

　おちよも勘ばたらきの鋭いほうだ。時として、理屈を超えたものが分かったり、ひらめいたりする。

　そのときも、妙な「訪れ」のようなものを感じた。だが、それが何であるか、おちよにはまだ察しがつかなかった。

「承知しました」

「これから鎌倉町に戻るので、あっしが清斎先生のところへ行ってまいりましょう」

　十手持ちはそう請け合ってくれた。

「もしそうしていただければ、ありがたいことです」

時吉は頭を下げた。

「なにとぞ、よしなにお願いいたします。寝ても覚めても、あの子のことばかり考えてしまって、気が変になってしまうんじゃないかと……」

いつもは明るいおちよが半ば涙声で告げた。

「この似面は、たしかに」

半兵衛は紙をていねいにたたんでふところに入れた。

「清斎先生には、改めてごあいさつにうかがいます。そうお伝えください」

時吉は告げた。

「承知いたしました」

最後まで隙のない様子で答えると、鎌倉町の半兵衛はすっと立ち上がった。

三

「親分さんに出会ったのが、今日のいちばんの収穫だったな」

西日にいくぶん目を細くしながら、時吉が言った。

「そうね。来てよかった……千吉は見つからなかったけど」

おちよが答える。

その後は両国橋の西詰を探した。ここもいたって繁華な場所だ。だが、目に入るのはよその子ばかりで、千吉の姿は見当たらなかった。

そうこうしているうちに、日がだんだん西に傾いてきた。疲れを感じた二人は、岩本町の見世に戻ることにした。

「そのうち見つかるさ。見つからないはずがない」

半ばはわが身に言い聞かせるように、時吉は言った。

そのとき、おちよの胸がまた少し鳴った。

本当にいまにも見つかるような気がしたのだ。

旅籠《はたご》が並ぶ横山町を抜け、馬喰町《ばくろちょう》にさしかかった。岩本町へ帰るには、ここが近道になる。

「あれは、食い物屋だな」

時吉が前方を指さした。

のどか屋と同じ角見世で、「力」という看板が出ていた。

「そうね。鰹のおだしのいい香りがしてきた」

おちよが手であおいでみせた。

「猫もいるぞ」

時吉は表情を和らげた。

見世の前で猫が数匹わらわらと集まり、餌皿に顔を突っこんでいた。大きな猫もいるが、子猫の姿も目立つ。

「ほんと。雉白《きじしろ》に、ぶち猫……」

そこまで言ったとき、おちよの顔つきが変わった。

一つ息を呑み、足を速める。

「どうした？」

時吉も続く。

「おまえさん、あの猫」

おちよが足を止め、一匹の猫を指さした。

顔に妙な模様のあるぶち猫だ。

時吉も気づいた。

そして、声を発した。

「やまと！」

見間違いではなかった。

のどか屋から姿を消し、どこを探しても見つからなかった雄猫《おすねこ》のやまとが、平然とここで餌を食べていた。

のどか屋にいたころより太ったようで、よく肥えている。いつもあきないものに手を出して叱られていた猫は、元の飼い主に気づいたのかどうか、顔を上げて「にゃあ」とないた。

「『にゃあ』じゃないわよ、やまと。ずいぶん探したのよ」

猫の近くにしゃがみこんで、おちよが言った。

「そうだぞ。大和梨川《やまとなしがわ》の風花峠《かざはなとうげ》でおれが危難に遭ったとき、おまえが身代わりになってくれたんじゃないかと思ってたんだ。案じて損をした」

時吉は何とも言えない顔つきになった。

「ひょっとして、ここで所帯を持ってるの？　やまと」

ほかの猫を見て、おちよが言った。

なるほど、もう一匹の大きな猫は雌《めす》のようだ。そのあいだに生まれたとおぼしい子猫たちの柄《がら》を見ると、なんとなく平仄《ひょうそく》が合った。

時吉とおちよが見世先で話しているのを聞きつけ、飯屋のあるじが手をふきながら出てきた。

「ひょっとして、そちらさんの猫だったんですかい？」

四十がらみの男がたずねる。

「ええ。うちで飼ってたやまとという名の猫なんですが」

時吉が答えた。

「岩本町でのどか屋という小料理屋をやっております。そこで飼っておりましたところ、ゆくえ知れずになりまして」

おちよも言葉を補った。

「さようですか。ずいぶんと人に慣れていたので、どこかで飼われていたのかと思っていたのですが……」

そこでおかみが出てきた。

見世を手伝っていた、まだ髷を結いはじめたばかりの娘も案じ顔で続く。

「ぶちはうちの猫と夫婦になって、雄には珍しく子守りなどもしてくれるんです」

おかみがおずおずと言った。

「ぶち、という名前になったんですか？」

と、おちよ。

「ええ。ぶち猫なので」

力屋という名の見世では、飛脚《ひきゃく》とおぼしい客が丼飯をかきこんでいた。

どんぶりめし
かきあげ
うどん
力もち
いもめし
とろめし

そんな貼り紙が出ている。

力屋という名のとおり、飯、うどん、餅、芋といった体の中で力になるものをおもに出している飯屋のようだ。長く走る飛脚や駕籠屋や荷車引きなどにとっては重宝な見世だろう。

せっかく見つけたのだからつれて帰りたいところだが、やまとはここで所帯を持っていて、子猫の面倒まで見ているらしい。無下《むげ》に親子を引き離していくのも忍びなかった。

それに、娘が悲しそうな顔つきでおかみにこうたずねた。

「ぶち、つれていかれちゃうの？　おっかさん」

「元はこちらさんの猫だったんだよ、そんなことをお言いでない」

おかみがたしなめたが、娘はなお片づかない顔つきをしていた。

「うちにいたころより、ずいぶん肥えてますが」

時吉がやまとを指さした。

「餌をばくばく食べるもので。ちょいとやりすぎかもしれないんですが」

あるじが言った。

「とにかく食い意地が張ってる猫で、うちの厨に入っては仕込みをしたあきないものに手を出したりするもので、しょっちゅう叱ってたんです」

「それで嫌になって、ふらっと出ていったのかもしれないよ、おまえさん。……おお、よしよし、貫禄がついたわねえ、やまと」

おちよはそう言って、猫の首筋をなでてやった。

ぶち猫が喉をごろごろと鳴らして、目を細くする。以前と変わらぬ愛らしいしぐさだった。

「あの、そちらさんには、ほかに猫は……」

あるじが問うた。

「ほかにも何匹かおります。力屋さんでこんなにかわいがられているのでしたら……」

時吉はおちよの顔を見た。

「こちらへ入り婿に来たということにすれば、まるく収まるかと。やまとに会いたくなったら、力屋さんにうかがえばいいわけだし」

おちよはすぐさま呑みこんで言った。

「そうしていただければ、大変ありがたいです」

腰の低いあるじが頭を下げた。

「じゃあ、ぶちはつれていかれないの？　このままうちにいるの？」

娘の顔がぱっと輝いた。

「その代わり、ちゃんと世話をしなきゃいけないよ」

おかみが母の顔で言うと、まだあどけない顔の娘は、

「はあい」

と、元気に答えた。

見世の客まで笑顔になった。

「これも何かの縁です。どうぞ何か召し上がっていってくださいまし」

「猫を婿にいただいたので、お代は結構ですので」

力屋のあるじとおかみが、のどか屋の二人を見世に招き入れた。

四

力屋のあるじは信五郎《しんごろう》と名乗った。

元は飛脚だったのだが、あいにく足の筋を切ってしまい、つとめにならなくなった。ここで信五郎は一念発起して、食い物の見世を始めることにした。

飛脚のつとめをしていたころ、食事にはずいぶんと気をつけていた。遠くまで走るためにはどのような物を食べておけばいいか、だんだんに分かってきた。

それを活かして、飛脚をはじめとする体を使う人々のための飯をおもにつくる見世を出した。力屋の名のゆえんだ。

「小料理屋さんの目からごらんになれば、手前どもの料理はずいぶんと大ざっぱでしようが」

そう言いながら、信五郎は飯と汁を出してくれた。

丼飯には野菜のかき揚げがのっている。その上からたれをかけ、わしわしとかきこむ食べ方だ。

濃いめの味噌汁には焼き餅が入っていた。ほかの客は、魚のあら煮や芋の煮付けなども食していた。求めれば海苔《のり》やとろろなどもつく。身の養いになりそうなものばかりだ。

「いや、ぱりっと揚がっていて、飯によく合いますよ」

世辞ではなく、時吉は感心して言った。

「ちょうどおなかが空いていたので、とってもおいしいです」

おちよも和す。

「ありがたく存じます。煮物にした野菜の皮や端っこを切ってかき揚げに仕立てただけで、江戸前の天麩羅が見たら鼻で笑われそうなやつなんですが」

あるじは面白いことを言った。

「このかき揚げがうめえんだよ」

「そうそう。手打ちのうどんにのっけたらこたえられねえ」

新たに入ってきた客が言った。

表に四つ手駕籠が置いてある。どうやら力屋の常連の駕籠屋のようだ。

「なるほど、うどんにも合いそうですね」

かき揚げ天丼を食しながら、時吉は客に向かって言った。

「おいら、いつもかき揚げを入れて大盛りうどんだ。ついでに餅も入れてよう」

「海苔やら芋やらとろろやら入れて、まぜて食ってもうめえ」

「こないだあら煮もぶっこんだら、ちょいとやりすぎちまったがよ」

駕籠屋はそう言って笑った。

「汗をかくつとめのお客さんが多いもので、塩辛い味つけにしてあるんです」

信五郎が言った。

「鹹味《かんみ》が汗を補ってくれるわけですね」

時吉が薬膳を思い浮かべて言った。

「ええ。芋や飯やうどんなどは、長く走るときの身の養いになります。うちでたらふく食っておけば、京や大坂まで走れるぞ、と飛脚の若い者には言ってあります」

元飛脚は腕を振って走る恰好をした。

そのしぐさだけで、かつてはずいぶん鳴らしただろうと分かる。怪我で走れなくなってさぞやつらい思いをしただろうが、そこからぐっと立ち直ってきた男の自信めいたものが信五郎からは漂っていた。

「駕籠屋さんが来るのなら、おまえさん……」

機を見ておちよが切り出した。

すぐ察しがついた。似面はまだ余っている。

いきさつをかいつまんで述べると、力屋のあるじとおかみばかりでなく、客まで身を乗り出してきてくれた。

「おれらもひと肌脱ぐぜ」

「息子さんをかっさらった女を引っ捕まえてやらあ」

駕籠屋の二人は、勇んでそう言ってくれた。

「手前どもの見世にも似面を貼らせていただきます。お客さんは江戸のほうぼうへつとめに出かけます。すぐにでも見つかるでしょう」

信五郎がうなずいた。

「飼っていた猫もこうして見つかったんです。次は息子さんの番ですよ」

おかみも情のこもった声で言って、ぶち猫を指さした。

「ありがたく存じます」

頭を下げたおちよの足元へ、やまとが擦り寄ってきた。

「みゃあ」

と、いくらか物寂しげな声でなく。

「いいかい、やまと……じゃなくて、いまはぶちになったんだね」

おちよはそう言って、元の飼い猫をひざに乗せた。

「おまえはこうして所帯を持って、たんと餌をもらって暮らしてる。ここの人たちにかわいがってもらってるんだから、無理にのどか屋へつれて帰ったりはしないよ。その代わり……」

おちよの声音《こわね》が変わった。

「千吉のゆくえを探しておくれ。おまえに探せなんて言わない。あの子のゆくえを知っているお客さんが来たら、この似面を見て思い出してくれるように、そっと風を送っておくれ。いいかい、やまと。おまえはのどか屋の猫だったんだから、それくらいのつとめはしておくれでないか。もしあの子が見つかったら、おまえの好物をうちからたくさん持ってきてあげるから。頼むね、やまと」

おちよはそう言って、似面を猫に近づけた。

ぶち猫は爪を出さず、前足で、はた、とさわった。

「分かったかい、ぶち」

おかみがうるんだ目で言った。

「飼ってもらってた恩があるだろう？　最後のおつとめをしないとね」

「頼むぞ」

時吉が頭をちょんとたたいてやった。

力屋の入り婿になった猫は、「分かったにゃ」とばかりに、

「みゃあ」

と、高くないた。

第七章　煮ぼうとう

一

「雄猫なのに子の世話をしてるんだから、感心なものじゃないか」

一枚板の席で隠居が言った。

「ほんとに、案じて損をしました」

と、おちよ。

「たらふく餌をもらって、ぶくぶく太ってるんですから」

厨で肴をつくりながら、時吉はわずかに笑みを浮かべた。

やまとが見つかったという話は、千吉の件で沈んでいたのどか屋に、少しだけ明るい光を与えてくれた。

「おいら、さっそく行ってきたぜ、馬喰町の力屋に」

座敷の大工衆の一人が手を挙げた。

「まあ、顔を見にいってくださったんですか」

徳利を運びながら、おちよが言った。

「やまとはわりとおれになついてたからよう」

「で、どうだったい？」

連れの大工が問うた。

「ここにいたときとおんなじふてぶてしい顔でいやがった。こっちはいなくなったって騒いでたのに」

「ま、そんなもんだ」

「猫のやることだからよ」

座敷にかそけき笑いの花が咲いた。

「これがうまいことと呼び水になってくれればねえ」

隠居がしみじみと言った。

「ほんとにねえ、案じられることばっかりで」

隣に座った人情家主が、思わずため息をついた。

八方手を尽くして千吉のゆくえを探しているが、まだ手がかりがつかめない。その上、あいにくまたゆくえ知れずの者が出てしまった。

おたきだ。

重い荷を背負ってしまったおたきは、神社でお百度を踏んだりしながら千吉の帰りを待ちわびていた。しかし、わが身のしくじりでさらわれてしまった千吉はいっこうに見つからない。

それを気に病んだのか、焦る気持ちが高じたのか、「千ちゃんが見つかるまでは戻りません」という書き置きを残して長屋を飛び出してしまったのだ。

それが昨日の話だ。一夜明けても、おたきは戻ってこない。どこでどうしているのかと案じられた。

「軽はずみなことをしておくれでないといいんだけど、おたきちゃん」

おちよが眉根を寄せた。

「そうだね。いまはまだ、ほうぼうを探してるんだろうけど」

と、隠居。

「またどこかの神社に寝泊まりをしてるんだろうかねえ」

源兵衛が腕組みをした。

「そうかもしれませんね。……お待ち」

控えめな声で、時吉は一枚板の席に料理を置いた。

「ほう、磯辺玉子だね」

隠居がかすかな笑みを浮かべた。

「どうも気がついたら千吉の好物をつくっていたりするんですが。……どうぞ」

と、家主の前にも置く。

「ふわふわの玉子に、あぶった海苔。わらべも好みの味だからね」

源兵衛はそう言って、出された匙を取った。

椀づゆよりはいくらか濃いめに味つけしただしを煮立てて、火を止めて溶き玉子を入れる。

わっ、と入れてはいけない。菜箸《さいばし》に添わせるようにしてやさしく流してやるのがこつだ。細く流し入れられた玉子がふわっとかたまりかけたところを、おたまでさっとすくって器に盛る。

その上に、軽くあぶってもんだ海苔を散らす。さほど手間がかからず、ほっこりした一品に仕上がるから、仕入れの薄い日などには重宝する料理だった。

座敷の大工衆には、おちよが運んでいった。

「おお、来た来た」

「海苔がまだちょいと踊ってら」

「この湯気に誘われて、千ちゃんが戻ってくるさ」

揃いの半纏《はんてん》をまとった気のいい客が口々に言う。

「だといいんですけど」

おちよは寂しそうな笑みを浮かべた。

この料理を見ると、つい思い出してしまう。

（ふわふわ、ふわふわ……）

千吉はそう言って、おいしそうに磯辺玉子を食べていたものだ。

あの顔をもう一度見たい、とおちよは思った。

この手に抱きたい、と心の底から思った。

客の前だから懸命にこらえているが、何かの拍子に堰《せき》が切れてしまいそうだった。

「ああ、うめえ」

「このさっぱりしたうまさがのどか屋の味だね」

「千ちゃんが食いに戻ってくるよ。こんなにうめえんだから」

「おう、もうそこに……」

大工衆の一人が指さしたとき、表で人の気配がした。

あまりにも平仄《ひょうそく》がうまく合ったから、思わずみな同じほうを見た。

だが、入ってきたのはわらべではなかった。

総髪の医者だった。

二

「千吉ちゃんじゃなくて申し訳ありませんでしたが……」

やや苦笑いを浮かべて、青葉清斎は一枚板の席の端に腰を下ろした。隠居の横に医者が座るのは、かつての三河町の見世ではよくある光景だった。

「ただ、こう言っては何ですが、わたしがここまで足を運んだのは進展があったからとお考えください」

清斎がそう言ったから、新たに入ってきた客の氏素姓《うじすじよう》をかいつまんで座敷の客に告げていたおちよが思わず振り向いた。

「すると、先生。あの子の居場所が？」

「いえ、そこまで突き止めたわけではないのですが、似面を見せた羽津のほうから手がかりらしきものが」

「まあ、羽津さんから。で、どのような手がかりです?」

おちよは勢いこんでたずねた。

「ちよ、清斎先生はお見えになったばかりじゃないか。気持ちは分かるが、その話は先生がひと息つかれてからだ」

時吉が制した。

「そうですね。相済みません」

おちよがわびる。

「いえいえ。とりあえず、喉が渇いたものでお茶をいただけますか。あとはいまおつくりのもので構いませんので」

以前と変わらぬやわらかな物腰で、清斎は言った。

「承知しました」

時吉は次の肴をつくった。

これも千吉が好きだった品だ。

蓮根《れんこん》せんべいと花人参は、見た目も楽しい料理だった。

細めの蓮根を薄切りにして酢水に放ってあくを抜く。人参は花びらをかたどった型で抜く。のどか屋の客にはきれいな型をつくる職人もいるから、こういった細工ができた。これもまた薄く切り、臭みを抜くためにさっと水に放っておく。

頃合いを見て水気をよくふき、油でからりと素揚げする。仕上げに塩を振れば、見てよし食べてよしの肴になる。

千吉には塩を振らず、おちよがふうふうしてさましてからあげていた。

（お花、あなあな……）

そんな言葉を発しながら、千吉は喜んで食べていた。「あなあな」とは蓮根のことだ。

いまはここにはいないその顔つきがありありと浮かんでくる。つくったのはいいが、時吉は何とも言えない気分になった。

「おいしいですね」

清斎はぱりっと音を立てて根菜の素揚げを食した。

「力のある根菜をこうして揚げると、力が内にこもったままになります。塩の鹹味《かんみ》で補うと、なお身の養いになりましょう」

薬膳に詳しい医者が言った。

「ありがたく存じます」

「それで、先生」

隠居がいささか焦《じ》れたように口を開いた。

「千ちゃんの手がかりですが」

家主も身を乗り出す。

「はい」

いったん箸を置き、茶を二口ほどうまそうに啜ってから、清斎は子細を伝えた。

「羽津に似面を見せたところ、しばらく経ってから思い出しました。かつて、ある産科医の診療所で、この女を見かけたことがあると」

「産科医の？」

時吉は訊き返した。

「そうです。羽津は片倉鶴陵先生から産科の薫陶《くんとう》を受けました。当代一の名医と謳われた鶴陵先生のもとへは、多くの弟子が集まってきました。羽津と同じように、のちに開業した者もたくさんおります」

また茶で喉を潤し、清斎は話を続けた。

「その一人に、長谷川玄雄《はせがわげんゆう》という産科医がおりました。その男が開業する際に、人手が足りないということで、羽津も声をかけられて何日か手伝ったことがあります。そのときに、同僚として働いていたのが……」

清斎はある方向を指さした。

その先には、例の似面があった。

千吉をさらっていった、二重瞼のくっきりとした女だ。

「そりゃあ、線がつながったぜ」

「その医者をしょっぴいてたたいちまえばいい」

「これで千ちゃんは帰ってくるぞ」

座敷の大工衆が色めき立つ。

急に客の声が高くなったから、子猫のゆきが驚いて母のもとへ走った。

「ちゃんと段取りを考えないとな。荒っぽいことをして逃げられたら大事《おおごと》だよ」

家主がすかさずたしなめた。

「でも、にわかに太い糸がつながってきましたね」

隠居がうなずく。

「産科の医者というのが臭います。さらわれているのは、うちの千吉も含めて男の子ばかりですから」

時吉の顔つきも変わっていた。

千吉がさらわれてからこのかた、たくさんの人がのれんをくぐり、さまざまな知らせを持ってきてくれた。

なかには「これは」と色めき立つものもあったが、たいていはぬか喜びに終わってしまった。似面の女にそっくりだったのは、およそ人さらいなどしそうにない大店《おおだな》のおかみだったりしたものだ。

しかし、こたびは違った。

清斎の話に、時吉はまぎれもない真実の手ざわりを感じた。

「羽津もそう言っておりました。その長谷川玄雄という産科医とは、いまは疎遠になっていますが、どうも考えに反りの合わないところがあったようです」

「どういうところです？」

隠居が問う。

「羽津はお産をする人や産まれてきた赤子のことをまず第一に考えます。それはまた、片倉鶴陵先生の高邁《こうまい》なお考えであり、教えでもありました」

清斎はまずそう答えた。

「長谷川玄雄はそうじゃなかったわけですね？」

時吉は先を読んでたずねた。

「そのとおりです。産科は食いはぐれがないし、金がもうかりそうだからこちらの道を選んだ、と平然とうそぶいたから、羽津はずいぶんあきれたと言っておりました」

「まあ、よくそんなことが言えるわね」

おちよがきっとした顔になった。

「そんなやつなら、やりかねねえぞ」

「でもよう、産科医なのに、何でわらべをかっさらってくるんだ？」

「それも男の子をよう」

「おいらに訊くな。分かるけえ、そんなこと」

大工衆がさえずる。

「羽津によると、長谷川玄雄はずいぶん芝居がうまかったそうです」

清斎はさらに続けた。

「芝居、ですか」

と、家主。

「ええ。無事、お産が済めばいいのですが、ときには死産に至ってしまうこともあります。そのあたりは産科医の腕の見せどころで、新たな命を救えるかどうかという剣が峰に立たされます。産まれてくる赤子ばかりではありません。産道に引っかかったりすれば、母体まで危難に瀕《ひん》します。よほど気を入れて立ち向かわなければ、母子ともに命を失う恐れまであるのです」

「わたしも羽津さんには助けていただきましたから」

おちよがうなずいた。

「で、どういう芝居をしたんです？　長谷川玄雄は」

隠居が先をうながした。

「あるおり、産科医の不手際で赤子の命が助からなかったことがあったそうです。医者にとっては、何よりもつらいことです。さりながら、もはや時を戻すことはできません。かくなるうえは、包み隠さずいきさつを述べ、わびて許しを請うしかありません。ののしりを受けるのは覚悟のうえです」

「それはつらいことですね」

人情家主が言う。

「しかし、長谷川玄雄は違いました。おのれの不手際で赤子を死なせてしまったにもかかわらず、まったく悪びれることなく、専門の言葉を巧みに交えながら、『やむをえないことでした。医者としてはできるかぎりの力を尽くしたのですが』という芝居をしてみせたそうです」

「なるほど、そういう芝居を」

隠居は納得顔になった。

「羽津によると、水際立った役者ぶりだったそうです。その一件を境に、玄雄の診療所を手伝うのはやめて縁を切ったと言っていました。わたしが羽津でも、きっとそうしたことでしょう」

いくぶん紅潮した顔で、清斎は言った。

「その医者の診療所はどこにあるんでしょうか」

時吉が問うた。

「牛込改代町《うしごめかいたいまち》の一角にあります。御先手組《おさきてぐみ》の大縄地《おおなわち》の近くで、裏手には寺もあります」

「寺か……」

時吉とおちよの目と目が合った。

「なら、ひょっとして千吉はそのお寺に……」

おちよの顔つきが変わる。

「こりゃあ、さっそく乗りこんだほうがいいぜ」

「馬鹿、急いては事を仕損じるって言うじゃねえか」

「なら、どうするんでい」

「そうさな……」

大工衆の一人は大仰《おおぎょう》な腕組みをした。

「鎌倉町の半兵衛親分には伝えておきました」

清斎が告げた。

「あの親分さんは町方の与力の覚えがめでたいので、着物をあつらえたりしていつもいいなりをしていられると聞いたことがあります。与力からしかるべき筋へ話が伝わってくれればと思うのですが」

「なら、あの旦那にも伝わるかね」

隠居が笑みを浮かべた。

「そりゃ伝わるでしょう。なにぶん地獄耳だから」

家主の言ったとおりだった。

翌日、満を持したようにあんみつ隠密がのどか屋ののれんをくぐった。

三

「いよいよ風が吹いてきたな」

安東満三郎はそう言って、猪口の酒をくいっとあおった。

肴は鮪《まぐろ》の漬《づ》けに味醂を盛大にかけて甘くしたものだ。これはやまとの大の好物で、よく仕込みをしたものを食われていた。

存外に賢い猫で、引き戸を器用に開けたりするから侮《あなど》れない。鮪の漬けの仕込みをするときは、隠し場所にずいぶん思案させられたものだ。今度、一段落ついたら、これを手土産に力屋を訪れてやろうと思っている。

「うん、甘え」

おなじみのせりふが出た。

手ごたえのありそうな顔つきだ。

「でも、いきなり捕り物っていうわけにもいきますまい」

今日も隣には隠居が陣取っていた。

家主の源兵衛は、相変わらず帰ってこないおたきのゆくえを探している。おたきの郷里《さと》は水郷の潮来《いたこ》で、富八の知り合いの棒手振り衆のなかに同郷の者がいた。ちょうど里帰りをするらしいから、ついでにおたきの係累の家をたずねてもらえないかと話の段取りがついたらしい。

「もうちょっと外堀を埋めねえとな」

あんみつ隠密は心持ち目をすがめた。

「わたしらもひと肌脱がせてもらいましょう」

「何でも言ってくださいまし」

座敷で車座になっているのは、よ組の火消し衆だった。

千吉の探索のため、その後もほうぼうを当たってくれているらしい。

「おう、そりゃ助かる。いざとなったら火盗改にも息をふっかけるつもりだが、捕り方は多いほうが安心だ」

安東が言った。

「回りの早え火と勝負してますんで。たいていのやつには負けませんや」

纏持ちの梅次はそう言って、鮪納豆に箸を伸ばした。

角切りにした鮪の赤身は、練り辛子を加えた醤油にしばらく漬けておく。

ひきわり納豆はねばねばしてくるまでよくまぜ、玉子の黄身と小口切りにした葱を加えてさらにまぜ合わせる。

ここに、汁気をよく切った鮪を加えて和え物にする。仕上げにもみ海苔を散らしてやれば、さまざまな味が響き合う小粋な肴になる。

納豆は味噌仕立ての和え物にも合う。この場合はちりめんじゃこと合わせる。ここでも仕上げはもみ海苔だ。

「心強えぜ」

あんみつ隠密が笑う。

「よ組の誇りにかけて、働かせていただきますよ」

かしらの竹一が力強く請け合った。

それからまもなく、二の矢とも言うべき知らせが入ってきた。

知らせをもたらしたのは、初めてのどか屋ののれんをくぐった者だった。

「まあ、力屋さん」

おちよが華やいだ声をあげた。

姿を現したのは、力屋のあるじの信五郎だった。

「いらっしゃいまし」

時吉が厨から声をかける。

「ちょいと走ってきました」

元飛脚の料理人は、腕を振るしぐさをした。

「昔取った杵柄《きねづか》ですね？」

「そんなとこで。馬喰町から岩本町までだったら、走ればすぐですね」

そう言って笑った力屋のあるじを、時吉とおちよは客に紹介した。

「こちらは、やまとが入り婿になった馬喰町の力屋さんです」

「元は飛脚で鳴らされてたんですよ、信五郎さんは」

「食べれば力の出る飯屋さんで、どれもうまいですよ」

それを聞いて隠居がひざを送り、一枚板の席を示した。

「それだったら、身内みたいなものだね。まあ、どうぞこちらへ」

「なら、ちょいと失礼します」

信五郎は軽く手刀を切ってから腰を下ろした。

その足元に、のどかがすりよってくる。

「やまと……じゃなくて、ぶちちゃんのおっかさんなんですよ、この猫は」

おちよが指さす。

「ああ、おっかさんなんですか。色と模様が違いますね」

「おとっつぁんがぶち猫だったみたいで」

「なるほど。……おお、大きいね、おまえは」

信五郎はひょいと縞《しま》のある茶白の猫を持ち上げた。

「ひょんなことで、息子を飼わせてもらうことになった力屋だ。よろしゅうにな」

信五郎がそう言うと、のどかは「たのむにゃ」と告げるかのように「うみゃ」とないた。

千吉がいなくなったのどか屋に、束の間の和気が生まれた。

「今日は見世はどうされたんです？」

時吉がたずねた。

「うちは腹を満たすための見世なので、終《しま》いが早いんです。それで、片付けはかかあに任せて、とにもかくにも早く知らせなきゃと思って飛んできました」

「てことは、何か？」

隠居をはさんだところに座っているあんみつ隠密がたずねた。

「こちらの旦那は、町方より偉いお役目の方でして」

ちゃんと説明しようとすると長くなるし、そもそもむやみに人に告げたりすることではないので、時吉はそんなぼかした言い方をした。

「さようですか。なら、申し上げます」

「おう、頼む」

安東が身を乗り出す。

「うちのお客さんには駕籠屋が多いんですが、あの似面の女を乗せた駕籠屋とすれ違った人がいましてね。ちょうどわらべと一緒に乗りこむところを見かけたそうで」

信五郎はのどか屋に貼ってある似面を指さした。

「千吉をさらった女を乗せたと？」

おちよの顔つきが変わった。

「ええ。わらべがずいぶん泣いていたので、『まあまあ、この子は。いったいどうしたんだろうねえ』などと芝居をしていたそうです」

それを聞いて、おちよは思わず胸に手をやった。

千吉があまりにもふびんで、言葉にならなかった。

「で、その駕籠はどっちのほうへ行ったんだい」

座敷からかしらの竹一がたずねた。

「西のほうへ向かったそうです。それだけじゃ、雲をつかむような話なんですが、この話にゃ二幕目がありましてね」

　力屋のあるじは、やおら話の勘どころに入った。

「うちのご常連のその駕籠屋さんは、ときには遠くまでお客さんを運ぶことがありま
す。あるおり、小日向《こびなた》村の庄屋さんを乗せました。お孫さんの七五三の祝い物を室町
へ買いにきた帰りだったそうで。その庄屋さんを屋敷にお送りしたあと、空《から》になった
駕籠をかついで帰ろうとしたところ……あの駕籠屋を見かけたんです」

「うちの千吉をさらっていった駕籠ですね？」

　おちよが勢いこんでたずねた。

「そうです。ただ、そのときはすれ違ったわけじゃありませんでした。人相を見ると、
間違いなくあのときの駕籠屋だったそうなんですが」

「すると、駕籠をかついでたんじゃないんですか？」

　時吉の問いに、信五郎は一つうなずいてから答えた。

「ええ。駕籠屋だった男は、寺の前で掃除をしてたんです」

　それを聞いて、あんみつ隠密の目が光った。

「寺か」

　と、ひざを打つ。

「そういえば、医者の……」

おちよも気づいた。

「長谷川玄雄っていう食えねえ産科医の診療所は、牛込の改代町だったな？」

清斎が伝えた話は安東にとっては又聞きになるが、さすがは黒四組の組頭、細かいところまで過《あやま》たず頭の中に入れていた。

「小日向村のすぐ近くだね」

隠居が言う。

「しかも、診療所の裏手が寺だ。ますます臭ってきやがった」

あんみつ隠密は鼻に手をやった。

「おいらにゃ、いま一つ筋道が見えねえんですが」

座敷の梅次が首をひねった。

「そうそう。産科の医者と寺がどう関わってくるんです？」

「死産だったら、そのまま墓に埋めちまうとか」

「馬鹿、ろくでもねえことを言ってるんじゃねえや」

火消し衆がさえずる。

「いや、いまのはいいところを突いてたかもしれねえぜ」

あんみつ隠密がとがったあごに手をやった。

「と言いますと？」

鍋の具合をさっと見てから、時吉が問うた。

「寺ってのは構えが大きい。本堂が頑丈な造りならなおさらだ。わらべが何人もいても、あんまり泣き声も響かないだろう」

「すると、千吉はそのお寺にいるっていうことですね？」

おちよの顔に、ひとすじの希望の光が差した。

「まだ分からねえが、そうかもしれねえ。そんな臭いがする」

安東は腕組みをしてから続けた。

「お産で赤子が死ぬこともある。産道に詰まったりしたときは、道具でかき出して、ひそかに捨てたりすることもあると聞いた。そんなものは、むごくてとてもお産をした女には見せられねえからな」

「すると、長谷川っていう医者は……」

隠居は何かに気づいたような顔つきになった。

「ずいぶんと芝居のうめえやつらしいじゃねえか。あいにくなことに、子供は亡くなってしまいました、と殊勝な顔であとで告げるんだ。母親にはうまいこと薬でも嗅がせておけば、ぼうっとしていて気づかねえ。痛みがなくお産ができるってんで、かえって喜ばれるくらいだ」

「じゃあ、無事生まれてきたのに……」

おちよが眉をひそめた。

「死んだ、って嘘をつくんだ。そのむくろはむごたらしいので見せるわけにはいかない、とまだ頭がぼうっとしてる女に向かって言うわけだな。そのころには、無事生まれてきた元気そうな男の子は裏手の寺に運ばれてるっていう寸法よ」

「そうやって、母親が腹を痛めて産んだ子供を……」

「盗んでるんですよ、ご隠居」

安東は大きな舌打ちをした。

「何のためにそんなことをしてるんです？」

力屋が問うた。

「そりゃあ、ひとえに金もうけだ。金に糸目はつけねえから男の子がほしいと思ってるやつは、探せばこの江戸にいくらでもいるだろう。わらべの一人一人には、ずいぶんと高い値がつく。寺で育てる手間がかかっても、釣りはたんまりと出る。一人頭《あたま》五十両だとして、二十人も売りさばいたら千両になるじゃねえか」

あんみつ隠密はすぐさま算盤《そろばん》を弾いてみせた。

「人の子を盗んで、勝手に売ってお金に替えるなんて……」

おちよの顔が朱に染まる。

「医者の風上にも置けねえぜ」

「寺だってそうだ。獄門でも足りねえくらいだ」

「すぐにでも退治しましょうぜ、旦那」

「江戸の恥だ」

「許しゃしねえぜ」

火消し衆が息巻く。

「なにぶんでけえ捕り物だ。ちゃんと段取りを踏んで網を張らねえとな」

安東がすぐさまなだめた。

「でも、うちの千吉はそこで産まれたわけじゃないんです。どうしてさらっていったんです？」

おちよが問いつめる。

「そのうち、悪い医者と生臭坊主はこう考えたんだろう。産まれてきた赤子を盗んで、寺で育ててから売りさばくのは手間がかかる。それなら、目ぼしいわらべをかっさらって売ったほうが楽でいいってな」

あんみつ隠密が答える。

「人でなしもいいところだな」

時吉は吐き捨てるように言った。

その後は、今後の段取りの話になった。診療所と寺に網を張り、外堀が埋まり次第、網をぐっと絞って一網打尽にするという按配だ。

長谷川玄雄の診療所にも乗りこむことになった。これに関しては、おちよがぜひともひと肌脱ぎたいと申し出た。

その意気と思いを買って、安東がいろいろと筋書きをこしらえた。隠居と時吉も知恵を出し、おおよその役どころが決まった。

あとは、機を見て踏みこむだけだ。

「話が一段落したら、ちょいと小腹が空いてきたな」

安東が腹に手をやった。

「わたしも、何かのどか屋さんの料理をいただこうと思って来たんですが」

と、信五郎が厨を見る。

「承知しました。もうじき煮ぼうとうができますので」

ようやく料理人の顔に戻って、時吉は笑みを浮かべた。

ほうとうは甲州の里料理で、味噌仕立ての鍋地で平べったい麺を煮る。具としておもに使うのは南瓜《かぼちゃ》だ。甘みのある南瓜が、味噌味のよくしみた麺と絶妙に響き合う。あとは牛蒡、油揚げ、それに長葱も加える。ほうとうは素朴な料理で、甲州のみならずほうぼうでかたちを変えて食されている。

たとえば武州の深谷《ふかや》では、味噌ではなく醤油の鍋地で煮られていた。深谷は葱の産地だ。煮ぼうとうにもよく合う。

「うん……南瓜が甘え」

いくらか遅れて、安東が言った。

「この時季でも夜はときどき冷えますから、ほっとしますね、この味は」

信五郎がそう言って舌鼓を打つ。

「おれは蕎麦をたぐるのが好きだが、たまにはこういったかむ麺もいいやね」

よ組のかしらが箸を動かした。

「あっ、そうそう。煮ぼうとうを食ってたら、思い出しました」

信五郎がだしぬけに言った。

「まだ大事なことが？」

おちよが問う。

「いや、そうじゃないんですが、食い気の強いうちのぶち、こちらさんではやまとだった猫の顔が浮かんできましてね」

「ぶちちゃんの顔が」

おちよはやや腑に落ちない顔つきになった。

「うちに貼ってある女の似面を見て、お客さんが大事なことを思い出したんですが、そのちょっと前にぶちが『みゃあ！』と大きな声でないたんです。その声を聞いたとたんに、『ああ、あの女はたしか……』と思い出したと、駕籠屋さんは言ってました」

それを聞いて、おちよの表情がふっと変わった。

「おまえさん、ひょっとしたらやまとが……」

「ああ、最後のつとめを果たしてくれたのかもしれないな」

時吉は感じ入ったような口調で言った。

「今度、力屋さんに好物を持っていっておやりよ」

隠居が温顔で言う。

「いちばんの手柄だぜ」

と、安東。

「なら、鮪の漬けをたんと持っていってあげましょう」

時吉が言うと、おちよも笑顔でうなずいた。

第八章　人生の鯛茶

一

千吉のゆくえ探しにようやく光が見えてきたことを、おたきは知らなかった。

「千吉ちゃんを見つけるまでは、ここには戻りません。必ず探し出してきます」と長屋に書き置きを残して出てきた。いくらひもじくても、心細くても、帰るわけにはいかなかった。

手がかりといえば、千吉をうかうかと預けてしまったあの女だけだった。

初めのうち、おたきは柳原の土手の界隈を探していた。だが、同じところにまたあの女が現れるはずもない。

それに、当のおたきを探しにきた長屋の者の姿も見かけた。このままでは見つけられてしまう。おたきは柳原を離れ、足まかせに歩いてあの女と千吉を探した。もう一人、弟の善次郎のことも頭から離れなかった。大火から逃れるとき、つないでいた手の感触は、まだこの手にたしかに残っていた。

江戸のほうぼうを、おたきはあてなく歩いた。

神社を見かけるたびに、どうか千吉と善次郎が見つかりますように、と心をこめて祈った。

持っていたわずかな銭は、すぐ使い果たした。

ひもじくなったら、悪いとは思いながらも、畑のものをいただいて生のままかじって飢えをしのいだ。

夜は目についたお社の裏手で寝た。雨風をどうにかしのげるところで、身をふるわせながら寝た。

何度もこわい目に遭った。人相の悪い男に襲われそうになったときは、必死に走って逃げた。あとで見ると、足に血がにじんでいた。

こんなつらい目に遭うのなら、いっそひと思いに死んでしまおう。

何度もそう思った。

でも、そのたびにおとっつぁんとおっかさんの顔が浮かんだ。

向こうには、火事で亡くなった両親がいる。このままでは、とても合わせる顔がない。

千吉も善次郎も見つけられずに、どのつらを下げて来たのかと言われてしまうだろう。とても許してはくれまい。

もうどうしていいのか分からなかった。風邪《かぜ》を引いてしまったらしく、しきりに咳が出た。

熱もある。頭がすっぽりと嫌な雲に覆われてしまったかのようだった。

どのわらべを見ても千吉に見えた。あるいは善次郎のような気がした。

「千ちゃん……」

ときには声も出た。

しかし、近づいてみると、それは似ても似つかないよその子だった。

だんだん日が暮れてきた。

夕日に手招きされるかのように、おたきは西に向かって歩いた。

幼いころ、おっかさんが唄ってくれた子守唄を思い出した。

わたしゃ潮来《いたこ》の　花嫁よ

舟にゆられて　嫁《とつ》ぐのよ
いとしお方は　向こう岸
まもなく会える　あの人に……

もう声にはならなかった。

おぼろげな頭の中で、おたきは父母の郷里の「潮来の子守唄」を響かせた。どうか千吉と善次郎が見つかりますように、と祈りながら。

江戸でひと旗揚げようと、両親は潮来から出てきた。なかなか思うようにはならなかったが、おたきと善次郎を育てながらつましく暮らしていた。

そんなささやかな暮らしを、大火は根こそぎ奪い去ってしまった。

おとっつぁんとおっかさんの分まで、ちゃんと生きなければ……。

おたきはそう思ったものだ。

なのに、とんでもないしくじりをやってしまった。

いまはふらふらと日暮れのあぜ道を歩いている。そんなわが身が情けなくて仕方がなかった。

夕日の最後の輝きを受け、寺の甍《いらか》が鈍く光っている。

その光を見ているうちに、目に映るものがだんだんぼやけてきた。
(あそこに善次郎がいるよ、おたき)
おっかさんの声が聞こえた。
どこへともなくうなずき、おたきはさらに歩いた。
(千吉ちゃんもあそこにいるぞ。もうじき見つかるぞ)
おとっつぁんの声も響いてきた。
いや、声だけではない。
あぜ道の向こうに、見えた。
なつかしい姿が二つ、暮れていく畑の中に見えた。
案山子《かかし》のようだが、違う。
背格好で分かる。
あれはたしかに、おとっつぁんとおっかさんだ。
「おとっつぁん……」
おたきは前へ進んだ。
「おっかさん……」
もうじき顔が見える。

やさしいおっかさんとおとっつぁんに会うことができる。

そう思ったとき、景色がだしぬけにぐらぐら揺れた。

怪しい寺の門前で、おたきはついに行き倒れた。

二

百匁《ひやくめ》蠟燭《ろうそく》が灯る寺の本堂で、二人の男が酒を呑んでいる。

手にしているのは、ぎやまんの盃だ。その中に赤いものが満たされている。妖しく光っているのは、舶来の葡萄酒《ぶどう》だ。

「行き倒れがあったそうだな、和尚《おしよう》」

編綴《へんてつ》姿の医者がそう言って、盃を口に近づけた。

「初めはそのまま埋めてやろうかとも思ったんですが、そこはまあ御仏《みほとけ》に仕える身、慈悲の心をもって助けてやりましたよ」

唇のゆがんだ僧が、耳ざわりなざらざらした声で答えた。

「よいことをしたな」

「はい」

僧も葡萄酒の盃を干す。

本堂に響く声はそればかりではなかった。助けを求めるわらべの声や、赤子の泣き声もかすかに聞こえてきた。

だが、囚われている者がいる場所は壁が厚く、頑丈な鍵が掛かっていた。外に出られないように、夜通し厳重に見張りも行われている。寺の秘密は、まだどこにも漏れていなかった。

「せっかく助けてやったのだ。のちに因果を含めて、立派な人さらいに育ててやればよかろう」

「もとよりそのつもりでございます、玄雄先生」

坊主が笑って酒臭い息を吐いた。

「あまり同じ女を出すわけにはいかぬからな」

長谷川玄雄は手ずから次の葡萄酒を注いだ。

「似面もほうぼうに貼り出されたようですから、用心しませんと」

「育ったわらべを盗んで売りさばけば、労せずして稼ぎにはなるのだが、その分窮屈なところも出てくる」

「御意。やはり、先生が自ら取り上げられた赤子のほうが無難かもしれません」

生臭坊主の唇がさらにゆがんだ。

「なにしろ、死んだことになっているわけだからな」

医者がにやりと笑う。

「拙僧がねんごろに弔ったことになっておりますので」

「その実、大根のごとくにひそかに育てて売りさばいているわけだ」

「ずいぶんと値の張る大根ですな」

夜の本堂に、胸の悪くなるような笑いが響きわたった。

「さりながら、買いたがるほうも悪いのだ。求めがあるからこそ、わたしが斡旋《あっせん》に乗り出しているわけで」

「男の子が得られるのなら、金に糸目はつけぬという輩《やから》ですな」

「しかり。跡取り息子を欲しがっている者はいくらでもいる。そのあたりには周到に網を張ってうわさを集め、こちらから話を持ちかけることもあるが、なかにはわが診療所に足を運んでくるありがたい客もいる」

「ありがたいことですな」

坊主は両手を合わせた。

「実は明日も大店のおかみが忍びでやってくる」

「ほほう」

「どうしても男の跡取り息子がほしい、男の子が授かるのなら金に糸目はつけぬ、という上客だ」

「初めのうちは、血の道の薬などを与えるわけですな？」

「『わらべを買いませぬか』といきなり切り出すわけにはまいらぬゆえ。何事にも段取りがいる」

「とりあえず患者にして、口が堅そうであれば話を持ちかける、と」

「向こうの身元も調べておかねばならぬからな」

医師はそう言って、またいくらか葡萄酒を呑んだ。

「こちらの大根はいい按配に育ってまいりました」

「一本五十両もする大根だな？」

「上様の献上品でも、さほどの高値にはなりますまい」

「そんな値がついたら、大根が驚くであろう」

「ははは」

夜の本堂に、乾いた笑いが響きわたった。

三

翌日――。

長谷川玄雄の診療所に、室町の乾物問屋、駿河屋《するがや》のおかみがたずねてきた。

大年増だが、目鼻立ちがくっきりとしたなかなかの美人だ。

緊張しているのか、それとも何か心に期すものがあるのか、その顔つきはずいぶんと硬かった。

付き従っている番頭は、癖のある雰囲気の顔が長い男だった。

「手前《てめえ》はここでお待ちしてますんで」

妙な巻き舌を使う男の目にも、妙な光が宿っていた。

それればかりではない。

診療所からいくらか離れたところにある稲荷の前では、こめかみからほおにかけてやけどの跡がある男と、豆絞りの鉢巻きを巻いた男が腕組みをして待っていた。

「ちよは大丈夫でしょうかね」

時吉が案じ顔で言った。

「大丈夫も何も、船に乗っちまったんだ。向こう岸まで行くしかねえじゃないか」

腕組みをしたまま、長吉が答える。

「つい頭に血が上って、軽はずみなことをしなきゃいいんですが」

「おれに似て、ちょいと気の短《みじけ》えとこがあるからな」

「千吉が無事帰ることがまず大事だから、ちゃんと芝居だけしてこい、と送り出したんですがね」

時吉の表情は晴れなかった。

どうもときおり心の臓が痛む。長谷川玄雄の尻尾をつかむために、だれかが大店のおかみに扮して診療所に乗りこむ。

そんな安東満三郎の思いつきに、すぐさま手を挙げたのがおちよだった。

その意気を買って、おちよがおかみ、あんみつ隠密が番頭に扮して、敵の本丸とも言うべき場所に乗りこんだ。

果たして、首尾はどうか。いまごろは正体を見破られ、手ひどい仕打ちを受けているのではあるまいか。

そう思うと、時吉は居ても立ってもいられない気分だった。

「まあ、小娘のころからうちの板場に立たせてたから、くそ度胸はあるんだがな、あいつは」

と、長吉。

「安東さまもついてるんだし、待つしかありませんね」

「そうだな。……ところで、室町の駿河屋には話が通じてるのかい？」

長吉は腕組みを解いてたずねた。

「ええ、そのあたりに抜かりはありません。安東さまが知恵を絞って周到に引いた絵図面ですから」

「あの旦那のやることだからな。で、駿河屋の本物のおかみってのは？」

「どこでどう話の段取りをつけてきたのか分かりませんが、本当に男の子を欲しがっているのだそうです。見世から外へ出ることはあまりなく、そのときも駕籠を使うので、おかみの顔を知っている者は近場にもあまりいないのだとか」

「見世にも出ねえわけか」

「はい。裏で帳簿を見たりしているだけで、人前には出たがらないたちの方だという評判です」

「それなら、医者と坊主が身元を洗いにきても平気だな」

長吉はうなずいた。

ここから長谷川玄雄の診療所の入口は見えないが、おちよを乗せた駕籠は通る。それを二人でいまかいまかと待っているところだった。

「駕籠はいったん駿河屋のほうへ向かって、なりをあらためてからのどか屋に戻ることになってます」

「つけられてもかまわねえようにしてるわけだ」

「そのあたりまで考えてる方がついてるんですから、よもや危ない目には遭わないと思うんですが」

「それに、初見からわらべを売る話なんぞするめえよ」

長吉はそう言うと、いったん豆絞りを外して額の汗をぬぐった。

「ええ。向こうが乗ってくるまで、粘り強くやるだけです」

「おれだったら、いきなり医者の顔につばを吐きかけて、べらんめえでののしってやりかねねえところだが」

「それはぶちこわしなので」

「はは、だからこうやって……おっ」

長吉が右手のほうを指さした。

駕籠だ。

えっ、ほっ……。

えっ、ほっ……。

先棒と後棒が息をそろえて駕籠をかついでくる。御簾《みす》のついた上等の駕籠だ。

その脇に、番頭に身をやつしたあんみつ隠密が素知らぬ顔で付き従っている。

時吉と長吉は稲荷の奥のほうへ身を隠した。

手はずはついている。二人のほうをちらりと見ると、駕籠に合わせてゆっくりと走っていた安東はやおらこう独りごちた。

「今日はいい日和だねえ」

聞こえよがしにそう言うと、駕籠屋はいささかいぶかしそうな顔つきになった。

「いい日和って、番頭さん」

「ずいぶん曇ってきましたぜ」

「いいんだ。いい日和だよ」

番頭に身をやつした男は、ちらりと稲荷のほうを見た。

これも打ち合わせたとおりだった。

いい日和とは、「首尾《しゅび》は上々」ということだ。

時吉はひとまず胸をなでおろした。

四

「もう、よっぽど顔をひっぱたいてやろうかと思った」

のどか屋に戻ったおちよは、怒りの色をあらわにした。

「よくこらえて芝居をしてくれたよ、おかみ」

あんみつ隠密が労をねぎらった。

「おめえはまっすぐな性分だから、おれも案じてたんだ」

長吉はそう言って、猪口の酒を呑み干した。

「軽はずみなことをして、千吉が見つからなかったら困るじゃないの、おとっつぁん。それを思って、ぐっとこらえたの。ほんとにもう、虫酸《むしず》の走るようなやつだった。同じ医者でも、清斎先生とは大違い」

おちよは一気にまくしたてた。

「人の子を奪って、売りさばくようなやつだからな」

おちよの怒りは、時吉のものでもあった。なだめるのに苦労するほどの怒りだ。

「まあ、なんにせよ、これでほぼ尻尾はつかめた」

安東が天から垂れ下がった紐をつかむようなしぐさをした。

「なら、討ち入りますかい？」

気の短い長吉が問う。

「いま少し脇を固めてからだな。寺のほうも張りこんでる。捕り物をやるからには、一人も逃がさねえようにしないと」

安東の言葉に、おちよは大きくうなずいた。

段取りの話はさらに進んだ。

おちよを乗せた駕籠はいったん駿河屋に着き、なりをあらためてから機を見て裏から出てのどか屋に戻った。まず疑いなく、おちよを駿河屋のおかみだと思いこんでいるはずだ。上得意になりそうな患者が向こうから飛びこんできてくれた、とほくそ笑んでいるかもしれない。

欲の張った者たちだ。二度、三度と足を運んでいるうちに、いずれ向こうから尻尾を出すだろう。男の子を斡旋することもできるが、いささか値が張る、と話を持ちかけてくるに違いない。

そこに至るまでには、寺に出入りしている者などの脇も固められるだろう。安東の采配ぶりに抜かりはなかった。

脇が固まれば、いよいよ捕り物だ。

「千吉は無事でしょうね」

おちよは安東にたずねた。

「そりゃあ無事だろう。気を悪くしてもらっちゃ困るが、手中のわらべは大事な売り物だからな」

「千吉を売り物にしようとは、まったくふてえ野郎だ」

おちよではなく、長吉のほうが顔をしかめた。

「もう売られたあとってことはないでしょうか」

鯛の昆布締めをていねいにつくりながら、時吉はたずねた。

このあいだ、おちよに言われてはたと気づいた。

千吉のゆくえが知れなくなってからというもの、料理に昆布を使うことが多くなっていた。

昆布はよろ昆布《こぶ》、つまり喜ぶに通じる縁起物だ。

早く千吉が帰ってきて、おちよと手に手を取り合って喜びたい。のどか屋の客とその喜びを分かち合いたい。

そんな思いが、知らず知らずのうちに出てしまったのかもしれない。

「そいつは寺を調べてみないと分からねえな」

あんみつ隠密は慎重に答えて、昆布と椎茸の佃煮を口に運んだ。

ふっくらと甘辛く炊き上げた佃煮は、酒の肴には重宝だ。むろん、安東の小鉢には味醂がふんだんにかかってさらに甘くなっている。

「なら、千吉はもう寺にはいないかもしれないと？」

おちよがさらに問う。

「それは、おれらが吐かせる。案じずともいいぜ、おかみ」

あんみつ隠密は笑みを浮かべた。

あまり見かけない異貌だが、妙に心が安らぐ笑顔だ。

「それに、たとえは悪いかもしれないが、畑の大根を棒手振りが売りにいくわけじゃねえ。おかみが扮してる駿河屋みたいに、身元のはっきりしたところでなきゃ、あきないにはならねえからな。もし万一、大枚で売られていたとしても、ちゃんとした暮らしはしているさ」

「それを取り戻すことは？」

「できる」

黒四組の組頭は力強く請け合った。

「わらべを買ったほうも、当然のことながら罪になる。どういうお裁きを下すかは、おれのつとめじゃねえが、わらべがそのままなんていうことは天地が逆さになってもありえねえ。そいつぁ、お天道《てんと》さまが許すめえよ」

安東が天井を指さすと、おちよはやっと安堵の笑みを浮かべた。

ここでひと息入った。

「その昆布締めはどうするんだい？　そのまま盛って、あしらいをつけてお出しするのか？」

長吉がたずねた。

「いえ、鯛茶にしようと思っています」

時吉はすぐさま答えた。

「おう、いいな」

「その一椀に、人生のさまざまな味が出ているような鯛茶になれば、と」

時吉の言葉に、古参の料理人は黙ってうなずいた。

昆布の味がしみた鯛を茶漬にすれば、ことのほかうまい。ほかに、ほどよくすった白胡麻、おろし山葵《わさび》、さっとあぶったもみ海苔と粒の細かなあられが加わる。

その上から熱い煎茶を回しかければ、さまざまな味が浮かんでは溶ける、深い味わいの茶漬になる。

いつか千吉に教えてやろうと思っていた味だ。

つくりやすくてうまい茶漬は、だれもが喜ぶやさしい味だ。それをまず覚えさせ、客のほっこりとした笑顔を見せる。その顔を見れば、自信がつくだろう。父はそんな先まで考えていた。

(何としてでも救い出して、千吉をのどか屋に連れ戻さなければ。

この手に抱かなければ)

鯛茶の仕込みをしながら、時吉は誓いを新たにした。

第九章　観音の手

一

機は熟した。

網は少しずつ絞られていった。動かぬ証しは寺から得られた。暮夜、ひそかに駕籠が寺の門を出たのだ。

泣き声が外へ漏れぬように、女が一緒に乗りこんでいた。それでも、手ぬぐいをきつく口に当てたりしてもしものことがあってはいけない。わらべの泣き声は張りこんでいた者の耳にも届いた。

わらべが届けられたのは、さる大通《だいつう》の別宅だった。元は札差《ふださし》で、富を転がすのがうまく、だましと紙一重の立ち回りでさまざまな大店を乗っ取っていった男は、富める者の番付に載るほどの羽振りだった。

だが、吉原で流連《いつづけ》の豪遊をしたり、高名な遊女を身請けしたりすることはふしぎになかった。

それもそのはず、大通は男色家だった。それも、わらべにのみ執着する最もたちの悪い男だ。

その嗜好《しこう》を重々《じゅうじゅう》知っていながら、長谷川玄雄と僧侶は見目よき男の子を斡旋していた。これで五人目になる。一人につき大金を投じてくれるから、悪しき医者と生臭坊主にとってみれば上得意だった。

その太い線が手繰《たぐ》られた。

大通の別宅からは、売られてきたわらべがいくたりも見つかった。だれも命を奪われなかったのは幸いだった。心に負った傷は深いだろうが、やがては少しずつ癒えていくに違いない。

大通は捕縛され、厳しい取り調べを受けた。

初めは知らぬ存ぜぬで押し通そうとしたが、黒四組の組頭は火付盗賊改《ひつけとうぞくあらため》と相談のうえ、問答無用で責め問いにかけた。

日頃からふやけた暮らしを送っていた男は、痛みにすこぶる弱かった。罪一等を減じて命を救うことをちらつかされた大通は、医師と僧侶が結託して行っていた所業を包み隠さず伝えた。

のちに、この男は遠島になった。二度と江戸に戻る見込みのない荒れ果てた絶海の島で暮らすことは、江戸での豪奢な暮らしに慣れた大通にとってみれば死よりもつらいことだっただろう。

かくして、外堀は埋まった。

網は遠くからゆるゆると絞られていった。

そして、いま、最後の捕り物が始まった。

二

「男の子が授かるのでしたら、五十両……いえ、百両出してもよろしゅうございます。どうかよしなに」

目鼻立ちのくっきりした駿河屋のおかみが、そう言って頭を下げた。

「百両、でございますか」

ひとわたり診察を終えた長谷川玄雄の目が大きく見開かれた。

「はい」

「それは、駿河屋さんもご同意で？」

「もちろんでございます。あるじばかりでなく、見世の者すべての願いは跡取り息子ができることなのです」

おかみは底のほうに妙な光のある目で言った。

今日の駿河屋は大所帯で診療所を訪れた。前にも来た長い顔の番頭ばかりではない。こめかみからほおにかけてやけどの痕《あと》はあるが、きりっとした男前の手代も付き従っていた。

そればかりではない。大番頭と称する男まで加わっていた。大番頭は、なぜか豆絞りの鉢巻きを額に巻いていた。

「そういうことでしたら……」

長谷川玄雄は座り直した。

「魚心に水心ということわざもございます。いささか外聞を憚《はばか》るお話ですので、奥の間へお越しください。そこで、じっくりとお話をいたしましょう」

笑みをかみ殺しながら言うと、医者は助手の女にまなざしで合図をした。

白い頭巾《ずきん》で面体《めんてい》を巧みに隠しているが、駿河屋のおかみに扮したおちよには分かった。

あの女だ。

似面に描かれていた、二重瞼がくっきりとした女がそこに立っていた。

おたきをだまし、千吉をさらっていった憎き女に違いない。

いまにも胸倉をつかんで問い詰めたい。千吉の居場所を吐かせたい。

そんな思いに駆られたが、おちよはぐっとこらえて芝居を続けた。

奥の間に通されたおちよは、なおも駿河屋のおかみの面をかぶり、長谷川玄雄から話を聞くことにした。

面を脱ぐのは、悪《あ》しき医者の口から動かぬ証しがもれたときだ。そのときまでは、ぐっと我慢だ。

「ここなら人の耳はございませんので、ゆっくりお話ができます。どうぞお楽になさってください」

身ぶりで示すと、長谷川玄雄はしかつめらしい顔で患者のことを記した帖面に目を通した。

そして、一つ大仰にうなずいてから言った。

「診察させていただいた結果、大変申し上げにくいことをお伝えしなければなりません。どうか心してお聞きいただければと存じます」

そこまで言うと、医者はわざとらしい咳払いをした。

「そうしますと、男の子は……」

おちよは案じ顔をつくり、いくらかひざを送った。

「男の子、と申しますか、その、わらべを得ることは難しかろうと」

長谷川玄雄の芝居はなかなかに巧みだった。わざと言いよどんでみせるところなどは、まことに堂に入った役者ぶりだ。

「わたしは、子を産めないと……」

おちよが腹に手をやる。

「残念ながら」

医者は申し訳なさそうに頭を下げた。

「血の道を診て、入念に検討したところでは、子を得ることは難しかろうと存じます。もし授かったとしても、跡取り息子になるような子に育つことは万に一つもありますまい。ただ……」

長谷川玄雄は顔を上げた。

「ただ？」

おうむ返しに問う。

「先ほど申し上げましたとおり、魚心あれば水心、と申します。跡取り息子さんが欲しいというのは、世の多くの人の願いです。駿河屋さんのように江戸じゅうに名のとどろく大店であれば、なおのことだとお察しいたします」

医者は人徳者の顔をつくって続けた。

「わたくしは思うところあって、中条流《ちゅうじょうりゅう》のように子を流したりはいたしません。たとえ請われても、ひとたび芽生えた命を摘むことは絶対にしないことにしています。それは人の道に外れるからです」

医者の話を聞いていたおちよのほおのあたりに、さざ波めいたものが走った。おちよは必死に怒りをこらえていた。

「人にはさまざまな境遇があります。産まれてくる子を育てられないわけのある人もおります。血を分けた母の乳を呑んで育つことができない赤子はふびんですが、わけのあることですから致し方ありません」

「そういうわらべたちは、どうされるのでしょうか」

少しふるえる声で、おちよはたずねた。

「実の親が引き取れないわらべは、わたくしがひそかに育てております」

「この診療所でですか?」

「いえ。裏手の寺の和尚さんは大変に慈悲深い方です。実の親から離れざるをえないわらべたちを哀れとおぼしめし、大切に育てておられます。わたくしも意気に感じ、わらべたちが健《すこ》やかに育つべく、微力を尽くしております。裏手の寺には、そういったわらべたち、とりわけ男の子がたくさんおります」

話はいよいよ峠にさしかかってきた。

「男の子が、寺に」

おちよの目の光が強くなった。

そこに、千吉もいる。

きっと、いる。

そう思うと、いまにも立ち上がって駆け出していきたいという気持ちに駆られた。

「和尚さんはよい食事を与え、早いうちから寺子屋めいたことも行っております。秘仏の観音様に守られ、よい暮らしをしているのです」

長谷川玄雄はありがたそうに両手を合わせた。

「その甲斐あって、われわれが育てたわらべたちはどの子も利発で元気です。武家であれ大店であれ、跡取り息子としてはまず太鼓判を捺《お》せる子ばかりです」

医者はぽんと腹を一つたたいてみせた。

「そうすると、その利発な子の一人を駿河屋に……」

「はい」

長谷川玄雄はにやりと笑った。

「これまで育ててきた手間がございますし、なにぶん人一人の値《あたい》です。しかも、大店の跡取り息子とならば、それなりの金子《きんす》になりましょう」

おちよがうなずく。

「むろん、駿河屋さんにもお越しいただいて、どの子がよいか夫婦《めおと》で相談したうえで、白羽の矢を立てていただきたいと存じます」

「見世の者の意見も聞かずばなりません。いまの話を大番頭や番頭にも伝えてよろしいでしょうか」

「もちろんです。ただし、人の耳のあるところではいささか困りますので、慎んでいただければと」

「承知しました。では、いったん戻らせていただきます」

おちよはそう言うと、すっと立ち上がって歩きはじめた。

医者の前を、速足で歩く。

その顔は、強い怒りで真っ赤に染まっていた。

廊下を通り、控えの間に着いた。

おちよは面を脱いだ。

駿河屋のおかみに扮していた女は、ありったけの声を振り絞って告げた。

「尻尾を出したよ！」

三

「おう」

手代に扮していた時吉が腕まくりをして立ち上がった。

「出会え出会え！　捕り物だ！」

診療所の外まで響きわたる声で、番頭役の安東満三郎が叫ぶ。

「な、何を……」

長谷川玄雄はにわかにうろたえた。

「何を、じゃねえやい。馬鹿野郎が！」

大番頭を演じていた長吉が、鉢巻きを取って投げつけた。

「人のわらべをかどわかして売りつけるたあ、江戸っ子の風上にも置けねえ料簡だ。地獄に堕《お》ちやがれ！」

そう言うなり、長吉は医者の顔につばを吐きかけた。

おとなしく診察を待っていた患者たちは、にわかに狼狽《ろうばい》しはじめた。

「千吉は裏手の寺だな？」

時吉が鋭く詰め寄った。

「何の話だ。こんな狼藉《ろうぜき》を……」

そこで言葉が途切れた。

おちよが飛びかからんばかりに駆け寄り、医者のほおに激しい平手打ちを食らわせたのだ。

「恥を知りなさい」

おちよの声に応じるように、外から捕り手がなだれこんできた。

黒四組と火盗改方ばかりではない。そこには火消し衆の姿もあった。

「医者と手下を捕縛しろ」

安東が命じる。

「合点だ」

「逃がしゃしねえぞ、悪党どもめ」

よ組のそろいの法被《はっぴ》が誇らしげに光る。

悪しき医者はじたばたと逃げ回ったが、もはや袋の鼠だった。

「大人しくしな」

「お裁きを受けるんだ」

医者の手下はいくたりかいたが、まったく多勢に無勢だった。安東が周到に張り、いま絞られた網は強靱だった。

長谷川玄雄はほどなく後ろ手に縛られ、おとなしくなった。

「うちの千吉はどうした」

時吉が問い詰める。

「知らぬ」

髪を振り乱した長谷川玄雄はそっぽを向いた。

「知らねえわきゃねえだろうが、馬鹿野郎！」

長吉も真っ赤な顔で詰め寄った。

「人の子をかっさらったり、腹を痛めて産んだ子を死んだと言って奪《と》っちまったり、よくそんなことができるな。おめえは犬畜生にも劣るやつだ。地獄で閻魔《えんま》様に舌でもはらわたでも抜いてもらえ。この大馬鹿野郎が！」

娘の手形が赤く残る医者のほおを、長吉も渾身の力をこめて張りとばした。

「あんたが千吉をかどわかしたね？」

おちよは二重瞼の手下の女を問い詰めた。

「わたしの目はごまかせないよ。さあ、お言い。千吉はどこにいるんだい」

顔を倍に腫らしてもふてぶてしい面《つら》をしている医者とは違い、手下の女はすっかり観念した様子だった。

「裏の、寺に」

女は小さな声で答えた。

「そっちも捕り方が踏みこんでる。抜かりはねえ」

あんみつ隠密が言った。

「ちよ」

時吉が声をかけた。

もう矢も盾もたまらなかった。裏手の寺に向かって、おちよはやにわに一目散に駆け出した。

そのあとを時吉が追う。

長吉も続く。

舞台は診療所から寺に移った。

四

捕り手はいたって優秀だった。

寺には用心棒もいたが、わっと取り囲んで次々に取り押さえていった。

火消し衆も加勢する。纏持ちは用心棒の一人に刺股《さすまた》で立ち向かい、たちまち打ち倒した。

「千吉！」

おちよは大声で叫びながら寺の奥へ分け入った。

「千ちゃん！　千ちゃんはどこ？」

わらべの泣き声が聞こえた。赤子も泣いている。

もう胸が張り裂けそうだった。

「こっちだ」

「離れがあるぞ」

捕り手の声が響いた。

「わらべたちを救い出せ。一人残らず助けろ」

安東が命じた。

「はっ」

「急げ」

捕り手はわらわらと離れへ向かった。

おちよと時吉たちも続く。

「いたぞ」

「どけっ」

「そいつらも一味だ。縛れ」

最後まで盾になっていた二人の寺男、わらべをかどわかすときは駕籠屋に扮していた者たちをたちまち捕縛すると、捕り手は中から泣き声が響く扉を開けた。

離れとはいえ、なかなかの奥行きがあった。

壁は厚く、日も差さない。

門外不出の秘仏が安置されているというふれこみの離れに据えられていたのは、何の変哲もない観音像だった。

離れの眼目は秘仏ではなかった。かどわかしたり、死んだと偽って盗んだりしてきた子供たちだった。

「千ちゃん！」

さまざまな声が交錯するなか、離れに踏みこんだおちよは見た。

わがほうへ、両手を伸ばしながら駆け寄ってくる影があった。

左足が曲がっている。その歩みは、いたっておぼつかなかった。

案の定、途中で一度倒れた。

「千ちゃん……」

「千吉！」

おちよと時吉の声が和した。

間違いなかった。

見間違えるはずがない。たった一人のわが子なのだから。

わらべにも分かった。

抱き起こされた千吉は、おちよの顔を見て、言った。

「おかあ……」

そのひと言を聞いて、いままでこらえていたものが一気にあふれてきた。

「おかあだよ。おまえの、おっかさんだよ。おかあは、ここにいるよ」

千吉を胸に抱いて、そのあたたかさを感じながら、おちよは何度も繰り返した。

「大丈夫か、千吉」

時吉は頭をなでてやった。

「こわかったな。こんなところに一人でいて、心細かったな」

千吉は泣きながらうなずいた。

「おとう……」

「ああ、おとうだ。おとうだよ」

「おとう……」

千吉は繰り返した。

「もう大丈夫だ。みんな待ってる。のどか屋へ帰ろう」

うしろには長吉が立っていた。

おちよと時吉とは違って、何も言葉はかけなかった。

古参の料理人は、顔をくしゃくしゃにして泣いていた。だから、言葉にならなかった。弟子をしかる鬼のような顔がすっかり様変わりしていた。

「さ、じいじだよ。抱いておもらい」

おちよが千吉をだっこして、長吉に渡した。

「よかった……無事でよかったな」

孫の顔にもぼろぼろ涙をこぼしながら、長吉は言った。

「どこも怪我はしてないかい？ ひもじくはないかい？」

おちよが声をかけた。

「じいじ……」

千吉が言う。

「ああ、じいじだ……」

そこでまた言葉にならなくなった。

孫をおちよの手に戻すと、長吉は両手で顔を覆って男泣きを始めた。

時吉は長い息を吐いた。そして、寺の様子を見た。

ほかにもわらべがいた。千吉のように親が見つかっていない者が、そこここでむやみに泣いていた。

（どの子も無事、身元が分かりますように。

親元に戻りますように……）

そう祈らずにはいられなかった。

「くまなく調べろ。隠し部屋があるかもしれねえぞ」

安藤が声を張り上げた。

「おう」

「戸を一つずつたたいていけ」

よ組のかしらの竹一が命じた。

ややあって、火消しの一人が気づいた。

一見すると壁にしか見えない扉があり、その裏に隠し部屋があった。

「ありましたぜ、かしら」

「だれかいるか？」

火消しの若い衆は、中をあらためてから答えた。

「娘が一人寝かされてます」

五

まだ夢の続きかと、おたきは思った。

門前で気を失ったおたきは、寺の隠し部屋に幽閉された。運ばれた食事には、長谷川玄雄が処方した薬が混ぜられていた。そのせいで、体の自由が利かなかった。

ゆっくりとならどうにか歩けるが、方向が定まらない。頭に膜がかかっているかのようで、夢かうつつか、その境すらさだかではなかった。

そのうち、悪《あ》しき手はおたきにも伸びてくるはずだった。生臭坊主に凌辱《りょうじょく》された娘は、しだいに洗脳されていく。そして、寺でわらべの世話をするばかりでなく、かどわかしの手先としても使われるようになってしまうのだ。

だが、すんでのところで助かった。

おたきは助けられ、隠し部屋から外に出た。

その姿を、時吉が見つけた。

「おたきちゃん」

見間違いではなかった。

目つきはあいまいだが、顔かたちはまぎれもないおたきだった。

「ここに閉じこめられてたのかい」

あんみつ隠密が言う。

おたきは何度も瞬きをした。

いま見ているのは夢だ。何度も同じ夢を見た。

だから、こうして千吉の姿が……。
「千ちゃんはいたよ。無事、見つかったんだよ、おたきちゃん」
おちよが声をかけた。
「千ちゃんが……」
おたきはふらふらとよろめきながら近づいた。
その姿を見かねて、火消し衆の一人が肩を貸した。
揺れまどっていたおたきの目の光が、ふっとさだまった。
「千ちゃん……千吉ちゃん！」
わらべの手に、おたきの手が触れた。
久方ぶりに握る千吉の手はあたたかかった。
まぼろしではない。
千吉は、ここにいる。
生きている。
夢ではなかった。
おたきは感極まって号泣した。
「もう大丈夫よ。こうして帰ってきたんだもの。だれもおたきちゃんを責めちゃいない。つらい目に遭ったのは、おたきちゃんも同じだからね」

おちよはそう言って、娘の背中をなでてやった。

しばらく嗚咽《おえつ》にむせんでいたおたきは、涙に濡れた顔を上げた。

「ごめんね……千ちゃん、ごめんね」

千吉に向かって、おたきは繰り返し謝った。

「もういいやい。こうして帰《け》えってきてくれたんだ。過ぎてみたら、笑い話だぜ、なっ」

長吉がおたきの肩をぽんとたたいた。

娘はこくりとうなずき、何度か瞬きをした。

その視野に、もう一人、まぼろしのような顔が映った。

「どうしたの？　おたきちゃん」

おちよがたずねた。

ふるえる指をなだめながら、おたきはある方向を指さした。

わらべも気づいた。

顔をくしゃくしゃにして駆け寄ってきた。

「お姉ちゃん！」

まぼろしではなかった。

先の大火ではぐれた弟が、おたきの胸に飛びこんできた。

「善次郎！」

おたきは叫んだ。

「生きてたのかい。本当に善次郎だね？　わたしの弟の……」

そこで言葉にならなくなった。

大火から逃げる際に生き別れてしまった姉と弟は、こうして再会を果たした。

あとでいきさつが分かった。多くの人が焼け出された火事場でも、悪徳医者と生臭坊主の手先は暗躍していた。あきないになりそうな男の子をせっせとかどわかし、寺の隠し部屋に幽閉していたのだ。

善次郎のほかにも、囚われていたわらべの身元は次々に判明し、涙の再会が至るところで行われた。

「よかったじゃねえか」

一段落ついたところで、火消しのかしらが声をかけた。

「煙に巻かれてなくてよかったな」

纏持ちも和す。

「ありがたいことで……千ちゃんに続いて、善次郎まで」

おたきは何度も頭を下げた。

「長屋で一緒に暮らしな。もうその手を放すんじゃないぞ」

時吉が言った。

「はい」

おたきは善次郎の手をしっかりと握りしめた。

まるで観音のように。

第十章　おとうのうまうま

一

「まずは、ひと安心だね」

檜の一枚板の席で、隠居が温顔をほころばせた。

のどか屋に灯りが戻ってきた。

しばらくは、たとえ客が入っていてもどこかが暗かった。ぽっかりと穴があいているかのようだった。

しかし、いまは違った。

千吉が戻ってきた。

以前と同じ、和気に満ちたのどか屋に戻った。

「ほんに、ありがたいことで。……これ、猫さんのしっぽを引っ張っちゃ駄目よ」

おちよが千吉に言った。

かどわかされて寺に閉じこめられていたせいで、心が傷ついていやしないかとずいぶん案じていたのだが、のどか屋に戻って落ち着いてみると、以前と同じ千吉だった。猫を見かけると、むんずとしっぽをつかんで遊ぼうとする。のどか、ちの、みけ、ゆき、のどか屋の猫たちはみな迷惑そうだ。

「おたきちゃんにも笑顔が戻ってきてね。なんにせよ、ほっとしたよ」

隠居の隣の源兵衛が言った。

「弟さんはどうだい？」

さらにその横から、湯屋の寅次がたずねる。

「長屋の衆にずいぶんとかわいがられてるよ。昨日は富八に教わって、棒手振りのまねごとをしていた」

「そいつぁまだちょいと背丈が足りねえだろう」

湯屋のあるじが笑った。

「お、いい香りがしてきたな」

「干物だね」

「うまそうなものが干してあるなって思って狙ってたんだ」

「猫みてえだな」

　座敷の職人衆がさえずりだした。

「順々にお出ししますので、いましばしお待ちを」

　時吉は厨から言った。

　いま網焼きをしているのは、甘鯛の一夜干しだ。

　小ぶりの甘鯛を三枚におろし、中骨と腹骨を抜く。身は昆布だしに塩を溶かした汁で洗う。

　だしは濃いめのほうがいい。この下ごしらえで味に深みが出る。

　洗い終えたら、身が重ならないように盆ざるに並べ、風の通りのいいところで陰干しにする。いまは力屋でぶちという名前になっているやまとがのどか屋にいたころは、しょっちゅう干しているものを盗み食いされたものだ。

　干し上がったら、味醂と煎酒をまぜたものを刷毛《はけ》で塗り、焦げ目がつくまで網で焼く。

「はい、お待ち」

　まずは一枚板の席に出す。

「来たね」

と、隠居。

「これがまずいわけがないですね」

家主が和す。

「呑んで帰ったら、またかかあにしかられるんだがなあ」

と言いながらも、湯屋のあるじが猪口を傾けるしぐさで銚子を所望したから、座敷までどっとわいた。

「お待ちどおさまです」

その座敷にも、少し遅れておちよが料理を運んでいった。

「おう、来た来た」

「猫はあっち行け」

「あとで余ったのをもらいな」

甘鯛の香りに誘われてわらわらと近寄ってきた猫たちを手で遠ざけながら、職人衆はにぎやかに箸を伸ばした。

「うえめなあ、この干物」

「元の木がいいのに加えて、細工仕事がうめえんだ」

「おめえこそ、うめえこと言うじゃねえか」

「ありがとよ」

そんな調子で掛け合っているうちに、次の肴ができた。

網の次は、鍋の仕事だ。

「鰹《かつお》の生姜《しょうが》煮でございます」

時吉が鉢を下からていねいに両手で出すと、それを見ていた千吉までかわいく同じしぐさをした。

「堂に入ってるね、千ちゃん」

「これでのどか屋も安心だ」

「二代目がいるからね」

ほうぼうから声が飛ぶ。

のどか屋では、馬鹿高い初鰹《はつがつお》は出さない。値が落ち着いてから、脂《あぶら》ののった鰹を使った料理を供するのが常だった。

生姜煮は、まずぶつ切りにした身をつけ汁になじませる。酒と醬油をまぜた簡便なつけ汁だ。

四半刻《しはんとき》足らずなじませたら、鍋につけ汁と水を入れて煮立たせる。そこへ鰹を投じ入れ、蓋をしてしばし煮る。

煮汁が半ばほどになったところで、薄切りの生姜を加える。生姜が入ることによって鰹の臭みが抜け、味がまろやかになる。ていねいに返しながら煮て、汁がなくなったらできあがりだ。

「のどか屋の味だね」

隠居がまた笑みを浮かべた。

「こないだ長吉屋さんでもいただいたんだが、微妙に味が違って、どちらもうまいんだ。面白いものだね」

「おとっつぁんは何か言ってました？　師匠」

おちよが季川にたずねた。

「ああ、言ってたよ」

隠居はいったん箸を置いて答えた。

「千ちゃんと再会したときにずいぶん泣いたそうじゃないか、と冷やかしてみたら、『おれは泣いてなんかいませんや』という答えでね」

「うそばっかり」

おちよはすぐさま言った。

「いちばんわんわん泣いてたくせに、おとっつぁん」

「まあ、喜びの涙でよかったじゃないか。長吉さんもほっとしただろう」

家主がしみじみと言った。

料理は次々に出た。

いくらか腹にたまるものを、という声が座敷から上がったので、ここいらで茶漬を出すことにした。

今日の茶漬は、ちりめん山椒《ざんしょう》だ。

酒と醤油と味醂を平たい鍋に入れ、さっと煮立てる。そこへちりめんじゃこを投じ、水気がなくなるまでていねいに炒りつける。

それから山椒の実を混ぜる。あとは団扇《うちわ》であおぎながらときおり混ぜ、水気を飛ばしていく。すべて飛ばすことはない。半ば乾いたくらいがしっとりしていてちょうどいい。

これを飯にのせて茶漬にすれば、まさに絶品の味になる。

「うめえ、のひと言だな」

「まさに」

「甘辛く煮たちりめんじゃこと、ぴりっと辛い山椒の実。こいつぁ、こたえられねえ」

「海のものと山のものが、按配よく夫婦《めおと》になってるじゃねえか」

座敷の職人衆がうなった。

「酒の肴でもこたえられねえや」

寅次がそう言って、手酌の酒を呑み干した。

「一本だけだぞ。こないだ千鳥足で湯屋に戻ったらえれえ見幕で怒られて、あとで斜《はす》向《む》かいの『小菊』から娘のおとせまで説教にきやがった。一本だけ、一本だけ」

おのれに言い聞かせた寅次の言葉に、またどっと笑いがわいた。

「うま、うま、おとうのうまうま……」

千吉が機嫌よくしゃべる。

「呼び込みかい、千ちゃん」

「『おとうのうまうま』か。そいつぁいいな」

見世じゅうに和気が満ちたところで、季川が「どれ、久々に」と信玄袋から矢立を取り出した。

どうやら発句《ほっく》ができたらしい。

おちよが墨をすり、取ってきた紙に、隠居はややあってうなるような達筆でこうしためた。

　甘鯛も鰹の味ものどかかな

「気を持たせたわりには、凡句ですまないね」

隠居は照れたような笑みを浮かべた。

「いえいえ、ありがたいです」

おちよがうやうやしく受け取った。

「『のどかかな』を下の句にしたら、何でもいけそうですね、ご隠居」

家主が声をかける。

「そうそう、『ちりめん山椒をのっけた茶漬ものどかかな』とかよう」

「おめえ、それじゃ字余りだ」

「まだまだできるぞ。『かかあに黙ってこっそり呑んでくるのどかかな』」

「どんどん駄目になってるじゃねえかよ」

職人衆が掛け合う。

千吉はまた猫を追いかけだした。猫にとってみれば、わらべは剣呑《けんのん》だ。普段は気難しいところのないのどかも、珍しく「しゃあ」と声を発した。

「『猫を追ふわらべの声ものどかかな』、とまた一句できた」

隠居が言うと、のれんの向こうから怪しい声がだしぬけに響いた。

「不意に来る変な侍《さむれえ》ものどかかな」

巻き舌で名乗りめいたものを挙げると、のれんがふっと開き、あんみつ隠密が姿を現した。

二

一枚板の席は、詰めれば四人座れるが、いささか窮屈だ。そこで、あまり長く油を売っていると女房に角《つの》を出される寅次が安東に譲って腰を上げた。

「悪いな」

「なんの。切り上げられて、ちょいとほっとしましたよ」

湯屋のあるじの言葉に、座敷からまた声が飛んだ。

「なら、呑みにこなきゃいいのに」

「そうそう、ずっと番台に座ってたら、文句は言われねえぜ」

「いや、そこはそれ、なんだよ。息抜きもしないとね」

湯屋のあるじはそう言って、いくらか赤くなったほおに手をやった。

「今度、湯に入《へえ》りに行くからよ」

あんみつ隠密が気安く言った。

「へい、お待ちしてます。……なら、お先に」

機嫌よく手を挙げて、岩本町の名物男はのどか屋から出ていった。

かくしてひと幕が終わり、安東に酒が出た。

あいにく油揚げが切れているから、いつもの甘煮はできない。時吉はべつの料理をつくることにした。

その前に、とりあえずできているものを出した。

南瓜《かぼちゃ》のほっこり煮だ。

だしを入れずに、まずは京風に水だけで炊く。串がどうにか通るほどにまでやわらかくなったら、味醂と砂糖と醤油少々を入れ、ほっこりと炊きあげる。

「うん、南瓜が甘え」

あんみつ隠密の口に合ったようで、時吉はひとまずほっとした。

そのうち、職人衆もそろって腰を上げた。これで人の耳をはばからずに話をすることができる。

「千ちゃんも元気そうだな。おかみもひと安心だ」

安東はおちよに声をかけた。

「おかげさまで。……で、安東さま、ほかに囚われていた子供たちはみな親元に無事戻ったんでしょうか」

おちよはずっと気になっていたことをたずねた。

「そのあたりは、医者と坊主と手下をたたいてる」

あんみつ隠密は鞭《むち》で打つしぐさをした。

「安東さまが自らの手でたたかれるんですか？」

隠居がやや驚いたように問うた。

「いや、おれは隠密だからよ」

安東は渋く笑った。

「黒四組ってのはねえことになってる。むやみに表に出るわけにゃいかねえ。その代わり、泣く子も黙る火盗改が腕によりをかけてたたいてら」

「で、ちゃんと吐いてるんでしょうか、あいつらは」

甘薯の下ごしらえをしながら、時吉がたずねた。

「初めのうちは、横を向いてふてくされてやがったようだが、だんだんに白状しはじめた。『あれも思い出した。そういえば、あんなことも』てな按配で、少しずつ小出しに白状していけば、すぐお仕置きにはできねえ。そういった悪知恵だけはむやみに働くやつらだからな」

安東はそう言って、隠居から注がれた猪口の酒を呑み干した。

「それでも、お仕置きにはなるんでございましょう？」

隠居が問う。

「そりゃあたりめえよ」

あんみつ隠密は即座に答えた。

「往生際《おうじょうぎわ》悪く、ちょっとでも長く生きていようっていうだけで、獄門《ごくもん》になるのは目に見えてら。あれだけの悪事をやって遠島くらいで済んだんじゃ、江戸の民が黙っちゃいねえや」

「かわら版でも、えらい書かれようでいたからね。鬼の生まれ変わりとか、地獄から来たとか」

家主が言う。

「まあ、ありゃあ面白おかしく書くのがあきないだからな」

「で、子供たちの身元のほうは？」

おちよが話を本筋に戻した。

「おおむね分かった。書き付けを見つけたからな。どこのどういう患者の赤子を死んだことにしてかっさらい、寺で育てていたか。そのわらべを、いつどこでだれにいくらで売り飛ばしたか。そういった子細を書き残してくれてたのはもっけの幸いだった。おかげで、ずいぶんと身元が分かったよ」

「腹を痛めて産んだおっかさんは、さぞや喜んだことでしょうね」

おちよの声にいちだんと情がこもった。

「そりゃあ、死んだと思って一度はあきらめた子が生きてたんだ。これ以上の喜びはねえや。おれもその場に立ち会ったことがあって、ずいぶんと泣かされたぜ」

安東は独特の光のある目元にさっと指をやった。

「わらべをかどわかされたほうもそうでしょうな」

と、隠居。

「千ちゃんと同じように、必死に探してた親御さんがいくたりもいた。ほうぼうで涙の再会があったようだな。そうそう、親がこの町の湯屋にまで似面の貼り札を持ってきたわらべも親元に戻ったらしい。まったくもってひでえ企みごとだったが、まあとりあえずは万々歳だ」

あんみつ隠密が小さく手を挙げたとき、次の肴ができあがった。

甘藷の胡麻揚げだ。

皮を厚めにむいた甘藷を二寸ほどの斜め切りにして水に放ち、あく抜きをしてからざるにあげる。衣は粉と溶き玉子と水、それに白胡麻を加えてまぜておく。

たっぷりと衣を甘藷につけ、からっと揚げればできあがりだ。

天つゆにつければ肴、塩を振ればおやつ。手早くつくれて、どちらでもいける重宝な一品だ。

しかし、今日はあんみつ隠密に出すものだ。塩ではなく、砂糖ときなこをまぜたものを振って存分に甘くした。

「うん、甘えな。外も中も甘えじゃねえかよ」

黒四組の組頭は、すっかりご満悦の体《てい》になった。

「そうそう、旦那。わらべを納得ずくで買ったほうはどうなるんです？」

源兵衛がたずねた。

「いいことを訊いてくれるじゃねえか、家主さんよ」

あんみつ隠密はそう言って、甘藷の胡麻揚げをまたさくっとかんだ。

「それがむずかしいところでな。長谷川玄雄らはもうお仕置きを免れねえところだから半ばは観念していやがるが、子を買ったやつらはそうじゃねえ。医者にだまされた、身寄りのない子を引き取って育てていただけだと言い張って、どうにかして罪を免れようと必死になってら」

「お金で子を買ったのなら、罪は同じですよね」

おちよが眉をひそめる。

「そりゃそうなんだが、どういう罪にするかはお裁きのむずかしいところだ。武家の手に渡ったところなんかは、ことに難しいし、なかには手放さねえやつもいるらしい」

「まあ」

「そのあたりは、時が経つうちにだんだんと落ち着くところに落ち着くだろうよ。おれは一介の隠密で、町奉行でも目付でもねえからどんな罪になるかは分からねえが、天網恢々疎《てんもうかいかいそ》にして漏《も》らさず、って言うじゃねえか。悪いことをしたやつには、それなりの天罰が下るだろうよ」

安東がそうまとめたとき、左足を引きずりながらいつのまにか厨に入っていた千吉が言った。

「うまうま、おとうのうまうま……」

このところのお気に入りの言葉を笑顔で繰り返したから、おのずとのどか屋に和気が満ちた。

「おとうのうまうま、か。おまえも下ごしらえをやるか？」

時吉が身をかがめて言う。

「ほうちょう、ほうちょう」

千吉は包丁でまな板をたたくしぐさをした。

「こうやって親を見て、子は育つんだね」

隠居が笑う。

「でも、ちぃとばかし早いがな」

家主も和した。

「海老の下ごしらえはちょいとむずかしいからな。もう少し大きくなったら手伝ってもらおう」

時吉はそう言って、小ぶりの車海老の背わたを抜きはじめた。

そのとき、おちよが声を上げた。

「いらっしゃいまし」

のれんを分けて、二人の男がおずおずと入ってきた。
どちらも初めて見る顔だった。

三

おちよが空いていた座敷へ案内《あない》すると、二人の男は脚絆《きやはん》を解いた。笠と背嚢《はいのう》の旅姿だ。

「こちらは、のどか屋さんでございますね？」

年かさのほうがたずねた。言葉の調子にいくらか訛《なま》りがある。

「はい、さようでございます。遠方からのお越しですか？」

おちよが笑顔でたずねた。

「潮来、というところから来ました」

「田舎者で、江戸は初めてで」

若いほうがいくらか首をすくめて言う。

「潮来というと……」

おちよと時吉の目が合った。

「ひょっとして、おたきちゃんのご親族の方で？」

今度は時吉がたずねた。

「へい、さようで。叔父と従兄《いとこ》です。こいつはせがれで」

と、身ぶりで示す。

「おたきちゃんに会いにいらしたんでしょうか」

「こちらでお運びをしていた、と潮来へ帰ってきた者から聞きまして」

「ああ、なるほど」

源兵衛がひざを打った。

「店子の富八と一緒に棒手振りをやっていた男だね」

「さようです。で、おたきは火事で両親と弟を亡くして、難儀をしていると聞きまして」

「弟さんは無事だったんだよ」

安東がすかさず言った。

「えっ、本当ですか？」

おたきの叔父の顔つきが変わった。

「うそを言うわけねえじゃねえか。いまは長屋で仲良く暮らしてら」

「住んでるのはわたしの長屋だから、間違いのない話だよ」

あんみつ隠密と人情家主がそう告げると、潮来から来た親子の表情がにわかに輝いた。

せっかく来てくれたのだから、とにもかくにものどか屋の料理を味わってもらうことにした。

長旅で腹が減っているというので、ちりめん山椒や胡麻おかかを入れた焼きおにぎりを多めにつくった。刷毛で塗っただし醬油の香りが、ぷーんと見世じゅうに広がる。

おたきの叔父が留松《とめまつ》、その長男で従兄が一松《いちまつ》。どちらも潮来で田畑を耕しながら暮らしているという話だった。

「江戸のおにぎりはうまいな」

「ほんに、ほっぺたが落ちそうで」

と、しきりに感心する。

「まだまだ序の口だよ、このくらいは。ここのあるじは気合が入ると、どんどん出してくれるからね」

隠居が笑う。

「そうそう。おとうのうまうま、づくしだよ」

家主も和す。

「うまうま、おいしい、うまうま……」

厨の中に置かれた床几《しょうぎ》にちょこんと座り、千吉が機嫌よく手をたたく。

その声に後押しされるようにして、時吉は次の料理を仕上げた。

海老の黄金煮《こがねに》だ。

背わたを取った小ぶりの車海老に粉をはたく。刷毛を使って、二度に分けてはたいておけば、溶き玉子がしっかりつく。

これを揚げるのではなく、煮るのが時吉の思いつきだった。だしに味醂に醬油、いかにも江戸風の味つけの汁が煮立ったところで、下ごしらえをした海老を入れる。

一度に入れてはいけない。おおよそ三、四尾ずつ投じ入れると、ほどなく海老の色が酒をきこしめしたかのように赤く鮮やかに変わる。

それとともに、衣の玉子が固まって黄金色になる。黄金煮の名をつけたゆえんだ。

すべての海老を煮終わったところで器に盛り、煮汁を張ればできあがりだ。

「うまい……」

留松がうなった。

「こんな上品な料理、おいら、食ったことがねえ」

一松も目をまるくする。

海老の黄金煮は、ほどなく一枚板の席にも供された。

「玉子がふわっと固まる按配がいいね。揚げるよりむずかしいだろう?」

「たしかに、揚げは音でおおよその頃合いがわかりますから」

「このふわっとした衣に、濃すぎないけど江戸の香りの煮汁、これがのどか屋の小料理だね」

源兵衛がそう言って、さらに舌鼓を打つ。

「玉子も海老も、そこはかとなく甘えな」

安東だけがそこにこだわった。

「おたきちゃんに会ってから、江戸見物をして潮来に戻られるんですか?」

足元にまとわりつく子猫のゆきをひょいと取り上げ、おちよがたずねた。

「いえ、連れて戻るつもりです」

「縁談があるもので」

親子がよく似た笑みを浮かべた。

「まあ、それはおめでたいこと」

おちよの表情がぱっと華やいだ。

「そいつぁ、よかったじゃねえか」

と、あんみつ隠密。

「さっそくおたきちゃんに知らせてやらないとね」

人情家主が言った。

「おいらの幼なじみで、田畑をずいぶん持ってるやつなんで、嫌だとは言わないと思うんですが」

息子が軽く首をかしげた。

「なかなかの男前だしな。ちょうど似合いになるよ」

父がすぐさま和す。

なら、日が暮れないうちに会いに行こうかと話がまとまりかけたとき、また客がどやどやと入ってきた。

よ組の火消し衆だ。

話を聞いた気のいい火消し衆は、潮来から来た二人を引き留めた。

「まあ、急ぐことはねえさ。もうちょっと呑み食いしてからいきな」

「めでてえ話だ。ご祝儀にここはおれらが払うんで、遠慮なくやってくだせえ」

かしらの竹一が太っ腹なところを見せた。

「そりゃあ、ありがたいことで」

「なら、ちょいと酒も呑みたくなってきたところだったんで」

「おう、呑め呑め」

銚子が何本も座敷に運ばれていく。厨もいちだんと忙しくなった。

まずはできているものでつなぐ。

いくらかずらして品よく盛られた白瓜の浅漬けは、こりっとしたかみ味と塩加減が好ましい。

高野豆腐《こうやどうふ》の煮物は、薄口の醬油を用いてほっこりと炊いてあった。冷めて味がなじんだほうが格段にうまい。

火消し衆から注文があったので、時吉は鍋を振りながら焼き菜飯をつくった。

菜っ葉はありものでいい。大根や人参なら、葉だけでなく皮も刻んで使う。皮のほうが身の養いになるから、捨てるのはもったいない。きんぴらもいいが、焼き菜飯にも合う。

ひとわたり焼いたあと、飯をいったん平たい鍋の土手のほうへ寄せ、真ん中の空いたところに醬油をたらす。醬油に火が入ったところでわっと土手を崩して手早く混ぜれば、味もなじむし、うま味も増す。

仕上げに胡麻を振って漬物とともに出すと、匙《さじ》が競うように動きだした。

「うんめえ」

「潮来じゃ食えねえな、おとっつぁん」

「おっかあの腕じゃ無理だな。具だけならそろうのによう」

「それが江戸の料理人の腕だよ」

親子が語らう。

さらに、鰹の漬《づ》け寿司が出た。

漬けといえば、やまとの大好物だった鮪がもっぱらだが、鰹もいい。

こちらはひと晩ではなく、四半刻ほどで漬かる。割りは醤油が二、味醂が一だ。

漬かったら水気を切り、寿司飯と混ぜる。焼き海苔や炒り胡麻や青紫蘇《あおじそ》などを加えると、彩りがいいし、味もいちだんと引き立つ。

これまた大好評だった。

「腹が一杯だな」

「食った食った」

と、親子が腹をたたく。

「なら、今度は酒で」

火消し衆から次々に酒を注がれて、潮来から来た親子の顔はだんだんに赤くなっていった。

「まま、一杯」

「おたきちゃんの門出が決まったら、ちゃんと見送りをしないとな」

「そうそう。もちろん、のどか屋で」

「これも縁だ。おれらも出るぜ」

息子の一松と、ことに打ち解けた火消し衆が言う。

「弟さんはどうなさるんで?」

かしらが留松に問うた。

「それはおたきと一緒に向こうへやるにはいかないので、うちで引き取りますよ」

さほど思案もせずに、潮来から来た男は答えた。

「家はわりかた広いし、畑仕事の働き手は足りないくらいなんで」

「そうかい。なら、安心だ」

と、一松。

「そのうち、どしどし畑を耕すようになるぜ」

「わらべはすぐ大きくなるからな」

「ここの千ちゃんだって、ついこないだまで、歩けるかどうかみんなで案じてたくらいだからな」

火消し衆は口々に言った。

「うちには同じくらいのわらべもいるし、遊び相手には事欠かないさ」

「そうだね、おとっつぁん。そのうち慣れるさ」

「嫁入り先はそう遠くない。何かにつけて顔を合わせられるよ」

「せっかくまた巡り合った弟だ。善次郎とこれきりになったりしたら、こちらも後《ご》生《しょう》が悪いからね」

「祝いごとがあるたびに寄り合ったらいいさ」

親子はそんな相談をしていた。

酒が進み、そろそろ腰を上げる頃合いになった。

家主の案内で、潮来から来た二人の親族が長屋でおたきに会い、縁談があるから田舎に帰らないかと言う。話がまとまったなら、また改めてのどか屋でささやかながら門出の宴を張って送り出す。

段取りはとんとんと決まった。

「泊まりはどちらへ？」

源兵衛がたずねた。

「横山町《よこやまちょう》にあるじが上総《かずさ》の出の旅籠《はたご》がありまして、しばらく逗留《とうりゅう》することで話がついてます」

留松が答えた。

「そうでしたか。長屋に空きがあるので、よろしければと思ったんですが」

「いえいえ、それには及びません。江戸にはそうおいそれと出てこられないので、おたきの支度がつくまで、息子と一緒にほうぼうへお参りに行こうかと思ってます」

いくらか赤くなった顔で、おたきの叔父が言った。

「まあ、急ぐことはないからね。せっかく出て来た江戸だ。存分に楽しんでいってください よ」

隠居が温顔で言う。

「ありがたく存じます」

「さっそく、江戸の料理を楽しませてもらいましたよ」

一松がそう言うと、のどか屋に和気が満ちた。

「もういっぺん、おたきちゃんの送りの宴のときに楽しんでいただきますので」

おちよが如才なく言う。

「楽しみにしてます」

「今日は寿命が延びましたよ」

「なら、宴の日取りが決まったら、よ組にも教えてもらえるかな。これも何かの縁だ。あんまり大勢だと場所ふさぎだが、何人かは出たいもので」

かしらの竹一が言った。

「うちの長屋の若いものを走らせますよ」

源兵衛がただちに請け合った。

「おれはなにかと忙しくて、顔を出せねえだろうから、先に言っとくことにしよう。『達者で暮らしな』と、おたきちゃんに伝えといてくれ」

安東が異貌に人情の色を塗って告げた。

「へい。……あの、お武家さまはどういうお方で？」

留松がそうたずねたから、時吉も隠居も家主も笑みを浮かべた。

「おれかい？」

あんみつ隠密はわが胸を指さした。

そして、一つ咳払いをしてから答えた。

「おれは、ただの通りすがりの素浪人だよ」

第十一章　鰹の旅姿

一

その日ののどか屋は、七つ過ぎから貸し切りになった。

おたきと善次郎を送る宴が催されるからだ。

べつに婚礼などの構えた宴ではないが、潮来へ向かう者たちにとってみれば、これがとりあえずは最後の江戸料理ということになる。時吉はおちよとも相談し、門出にふさわしい料理を仕込んでいた。

宴に集まったのは、おたきと善次郎、留松と一松、家主の源兵衛と店子の棒手振りの富八、隠居の季川、それに、かしらの竹一と纏持ちの梅次をはじめとするよ組の火消し衆だった。

座敷がだんだんに埋まってきたので、それまで丸まって寝ていた猫たちが追い出され、土間でどたばたしはじめた。ついこないだまで手のひらに乗るほどだった子猫のゆきも、いっぱしの猫らしくなってしきりに足をなめている。

「はい、おたきちゃんと善次郎ちゃんにはあったかい麦湯ね。お砂糖を入れて甘くしてあるから」

おちよが梅の花を散らした湯呑みを運んでいった。

「ありがたく存じます。ほら、善次郎、お礼をお言い」

姉の顔で、おたきが言った。

「ありがたく存じます」

わらべがおじぎをすると、潮来から来た叔父の顔に笑みが浮かんだ。

「よくできたな、善次郎」

「これなら田舎へ帰っても安心だ。えらいぞ」

一松が頭をなでてやった。

「ああ、おいしい……」

麦湯をおいしそうに啜ると、おたきはおちよのほうを見て言った。

「ご無理を言ってすみません」

「いいのよ。おたきちゃんから言われなくても、あれを出そうかと相談してたくらいなんだから」

「そうなんですか」

「楽しみにしててね」

「はい。あの、お運びのお手伝いは……」

「おたきちゃんはお客さんなんだから、座ってて」

おちよは笑って答えた。

「故郷《くに》へ帰って嫁入りしたら、客あつかいはされねえからな。たんと食っていきな」

かしらの竹一が言った。

「なんにせよ、よかったな。おとっつぁんとおっかさんも、さぞやあの世で喜んでるだろうよ」

纏持ちの梅次も和す。

「はい……お骨《こつ》を拾えず、形見の品も見つからなかったけれど、潮来には先祖代々のお墓があります。おとっつぁんとおっかさんもそこにいると思って、お参りに行きます」

おたきはしみじみと言った。

「いい心がけだ」

「そのうち、かわいい孫の顔を見せてやんな」

「まだ会ってもいねえのに、気が早《はえ》えんじゃねえか」

「早えこたあねえさ。そこで寝てるのどかだって、昔は子猫だったのにいまじゃおばあちゃんだぜ」

「猫と一緒にするなって」

火消し衆のさえずりに、のどか屋に笑いの花が咲いた。

酒とともに、初めの料理が運ばれてきた。

水菜と茗荷《みょうが》のお浸しだ。

さっとゆでて水気をよく絞った水菜を切りそろえる。だしと味醂と醬油でつくったつけ汁にその水菜を入れ、味をなじませる。

茗荷も水菜に合わせて、薄く縦に切る。これを最後に水菜に混ぜればできあがりだ。白い小鉢に盛れば、そろそろ川開きという季《とき》にふさわしいさっぱりした小手調べの料理になる。

「茗荷は冥加《みょうが》に通じる縁起物だからね」

一枚板の席で、隠居が言った。

「そのあたりを考えてつくってみました」

厨で忙しく手を動かしながら、時吉が答える。

「なるほど、験《げん》のいいものづくしだね」

「水菜も茗荷も、しゃきっとしててうまい」

源兵衛が感心する。

「そりゃ、おいらが届けた品ですから」

富八が自慢げに言った。

「お、次も茗荷かい？」

厨をのぞきこんで、隠居がたずねた。

「はい。最後に羽織る衣に見立ててみました」

時吉はそう答え、次の料理を仕上げていった。

刺し身にもできるさく取りをした鰹を、薄めに切って器に並べておく。

これを人の体に見立てて、一枚ずつ衣を着せていく。

まずは胡麻油だ。あつあつに熱した胡麻油をかけると、鰹がじゅっとうまそうな音を立て、うっすらと白くなる。

この衣だけでもうま味が出るが、次のたれがさらに鰹を栄《は》えさせる。

醤油と酢に、生姜と大蒜《にんにく》のすりおろしを加え、よく混ぜて仕上げたたれだ。これを油の次に上から回しかける。

仕上げに、薬味をのせる。青紫蘇《あおじそ》と茗荷と葱、すべてせん切りにして水にさらし、しゃきっとしたものをのせてやる。

葱は白髪《しらが》だ。白いところだけを使えば、青紫蘇や茗荷と響きあって色合いもいい。

「はい、お待ちどおさま。鰹の旅姿、でございます」

おちよが座敷に運ぶと、たちまち歓声がわいた。

「こいつぁ粋だね」

「なるほど、冥加《みょうが》のいい旅か。考えたね、のどか屋さん」

「胡麻油の香りがうまそうじゃねえか」

火消し衆の箸が次々に伸びた。

「うんめえ」

留松がうなった。

「江戸の味だね、おとっつぁん」

一松も和す。

「潮来じゃ食えねえ。この味はちゃんと覚えとこうや」

叔父の言葉に、おたきもうなずいた。

「こうやって、薬味ものせてぱくっと食べるのよ」

おたきは弟に食べ方を教えてやった。

善次郎がそのとおりにする。

「おいしい？」

姉の問いに、七つの弟はにっこりと笑った。

「お、千ちゃんまで笑ったぞ」

かしらの竹一が言った。

座敷で火消し衆に相手をしてもらい、千吉は上機嫌だ。

その様子を見ていたおちよは、どこへともなくうなずいた。

千吉が無事帰ってきてからも、ときどき夢を見てしまう。わが子が神隠しに遭って、どこを探してもどうしても見つからないという夢だ。

ふしぎなものだ、と思う。

千吉がゆくえ知れずになっていたときは、無事見つかったという夢を繰り返し見た。覚めるたびに、「ああ、夢か」と落胆の涙を流した。

いまは逆だ。

目を覚まして、千吉の安らかな寝顔を見るたびに心底ほっとする。今度は安堵の涙が流れる。

訊いてはいないけれども、おそらくおたきも同じだろう。夢から覚めるたびに、弟がそこにいることにほっと胸をなでおろしているだろう。

こうして見ているかぎり、かどわかされたわらべに心の傷は残っていないようだ。むしろ、親のほうがいくらか時がかかっている。

千吉の姿がちょっと見えなくなると、おちよも時吉もむやみにうろたえてしまったりする。探してみると、何のことはない、千吉は見世の裏手で猫と遊んでいただけだったりするのだが。

いずれにしても、やがては昔話になる。笑って話せる時が来る。

おちよがそんなことを考えているうちに、次の料理ができあがった。

小鮎の南蛮《なんばん》漬《づ》けだ。

活きのいい小鮎が入ったから、時吉がすぐ思いついた料理だった。悪い寺に閉じこめられていたわらべたちが、遠い南蛮とは言わないまでも、元気よくほうぼうへ旅立っていく。そんなさまを思い浮かべながら仕込みをした。

小鮎を洗って水気を切り、粉をはたいて油で揚げる。いったん取り出し、油気を切った小鮎を、もう一度揚げるのが勘どころだ。二度揚げることによって、かりかりに香ばしくなる。

二度目はいくらか油を熱くするのもこつだ。今度は油を切ったら、すぐ南蛮酢に漬ける。酢と醤油と酒を合わせて煮立て、冷めたところへ短冊切りの葱と輪切りの赤唐辛子を加えたものが南蛮酢だ。

漬ける時は好みで変わる。かりっとした漬けたてもうまいが、じっくりと二、三日味を含ませた南蛮漬けは、まさに絶品の深い味だ。

「こりゃあ、酒が進むね」

「頭からがぶっと食えば、じゅわっとうまさが広がるよ」

「鮎の力が身のうちに入《へえ》るみてえだ」

火消し衆が口々に言った。

笠間《かさま》の糠白釉《ぬかじろゆう》の大皿に小鮎を並べ、小口切りの赤唐辛子と蓼《たで》の葉を散らしてある。決して派手ではないが、彩りも美しい一品だ。

「二度揚げが効いてるね」

一枚板の席で、隠居が言った。

「親はみなこうやって手間をかけて、子を育ててきたんだからね」

と、家主。

「草葉の陰で喜んでまさ。どっかからきっと見てる」

富八が上のほうを指さした。

門出を祝う料理はさらに続いた。

縁起物といえば、やはり「おめで鯛《たい》」だ。

こたびは一風変わった使い方をした。むろん、塩焼きや刺し身や煮付けなどでもうまいのだが、それは潮来でも折があれば食べられるだろう。

そう考えて、時吉がこしらえたのは、にゅうめんだった。

鯛の身をあたたかいそうめんの上にのせるだけではない。中骨でだしを取るのも時吉の工夫だった。

さばいた鯛の中骨に熱湯をかけ、水にとってから血合いなどをていねいに取り除く。澄んだだしを取るために、これは欠かせない仕事だ。

前の晩から昆布を水につけ、じわっとうま味が出ただしを煮立てて中骨を投じる。頃合いを見て鍋を外して汁をこせば、なんともいい按配のだしに仕上がる。

これをもとに、にゅうめんのつゆをつくる。

水に酒に醬油に塩。加える量は控えめにする。だしが存分にうまいのに、醬油を足しすぎたら台なしになってしまう。

そうめんは根元から一寸ほどのところを糸で縛ってからゆでる。にゅうめんは浅めの盥《たらい》でお出しする。箸で麺をすくったときに、ちょうど取れるほどの量にしてやるのが料理人の細かい心くばりだ。

ゆでるときにもこつがいる。糸で縛ったところを湯に浸けてやれば、おのずと固まってくる。それから、はらりとそうめんを泳がせ、火が通ったところで水に取ってもみ洗いをする。

糸で縛ったところを最後に切り落とし、波がうねるようなさまになるように折り重ねながら盛り付けていく。これも料理人の腕の見せどころだ。

鯛の身は、末広がりの八つに切る。これは素朴に塩焼きにする。脂ののったいい鯛だ。塩だけでうまい。

焼きあがった鯛をにゅうめんの上にのせれば、海を泳いでいるさまになる。思わずため息がもれるほどの仕上がりだ。

さらに、錦糸玉子と三つ葉を散らせば、なおのこと鯛が引き立つ。

「はい、お待たせいたしました。海に見立てた鯛にゅうめんでございます」

おちよが座敷に運ぶと、歓声がわいた。それほどまでに、美しい仕上がりだった。

「こりゃあ、食うのがもったいねえな、おかみ」

かしらが言う。

「そう言わずに、あったかいうちにお召し上がりくださいまし」

「なら、おいらが取り分けましょう」

纏持ちの梅次が取り鉢にさっと手を伸ばした。

ほどなく、潮来の親子とおたきと善次郎にも鉢が回った。鯛の身に限りがあるから、おたきと弟は二人で一つだ。

「うめえなあ……」

「そのひと言だね、おとっつぁん」

「これが何よりの江戸土産だよ」

留松は感に堪えたように言った。

一行は明日の朝早く、七つ発《だ》ちで潮来へ戻る。日もちのする菓子や細工ものなど、土産はもう買ってあったが、この味が何よりの江戸土産だと言うのだ。料理人冥利《みょうり》に尽きる言葉だった。

一枚板の席には、小ぶりの桶が供された。

「鯛もうまいけど、つゆがなんとも深いねえ」

「薄そうなんだが、じわっと深みが伝わってきますね、ご隠居」

「こんなうめえもん、おいら、食ったことねえや」

こちらも評判は上々だった。

「おいしい？」

おたきが善次郎に問う。

「うん」

わらべは元気よくうなずいた。

「せんちゃんも、せんちゃんも」

千吉がそう言ったから、また座敷がどっとわいた。

「よしよし、おいらが食わしてやろう」

「身がでけえから、ほぐしてやらあ」

「にゅうめんも食いな、千ちゃん。うめえぞ」

そんな按配で、千吉は客に出された料理をちゃっかり口にして笑顔になった。

「おっと、おめえらは駄目だよ」

「猫はあらでももらいな」

「でぶ猫になっちまうぞ」

わらわらと集まってきた猫たちに向かって火消し衆が言ったから、またのどか屋らしい和気が満ちた。

だんだん宴もたけなわになってきたが、時吉はなおも手を動かしていた。

それは縁起物には見えなかった。ごくありふれた、曲のない料理のように見えた。

おたきがどうしても食べたいと言った料理だ。

それは、希望粥《のぞみがゆ》だった。

二

あの大火のあと、弟ともはぐれて途方に暮れていたおたきは、のどか屋の救いの屋台で一杯の甘藷粥《かんしょ》を食べた。

冷えきった体に、あたたかい粥がしみわたっていった。あの甘藷粥、時吉とおちよが思いをこめて希望粥と名づけた一杯の粥を食べなかったら、おそらくそこで行き倒れていただろう。

あの味を、江戸を離れる前に、どうしてももう一度食べたい。

そんなおたきの望みに、時吉は二つ返事で快く答えた。おちよと相談し、言われなくても出そうかと思っていたからだ。

具は食べよく切った甘薯だけという、これ以上ないほど簡明な粥だ。焼け出された人たちの体のことを考え、粥にはふだんよりいくらか塩を足した。あとは、ほんの少し醬油と命《いのち》のたれを加える。

甘薯がもっている甘さを、ごく自然に伝える料理だ。それが身の養いになる。こたびの件で大きな功のあった青葉清斎から教わった理《ことわり》だった。

「はい、どうぞ、おたきちゃん。あの日と同じ希望粥よ」

おちよが椀を差し出した。

「ありがたく存じます」

娘が両手で受け取る。

「善次郎ちゃんにも。熱いから、ふうふうしてあげてね」

「はい」

おたきは感慨深げにうなずいた。

「希望粥っていう名には、どういういわれがあるんです？　おかみ」

留松がたずねた。

「火事で焼け出されて難儀をされている方に、『まだ望みはあります。このお粥を食べて、ちょっとでも元気を出してください』と伝えたくて、屋台を引いていきました」

「なるほど。それで希望粥ですか」

「われわれも先《せん》に焼け出されて途方に暮れていたとき、そういったあたたかいものをいただいて息を吹き返したもので、今度はお返しをと」

厨から時吉が言った。

「そうやって、世の中は先へ続いていくんだね」

希望粥は一枚板の席にも供された。隠居がしみじみと言う。

「芋が甘えや。ほっこりと煮えてる」

富八がそう言って、また匙を動かした。

「土の下でじっと力をたくわえてきた甘藷だからね。その力が希望粥を食べた人に伝わってくれれば、きっと立ち直れる。人にはそういう力が備わっているからね。……おいしいよ」

家主が笑みを浮かべた。

「もっとお食べ、善次郎」

おたきが粥をすくった。

「うん。芋のところがいい」

「お芋ね。……はい」

姉が匙を近づけると、弟はあーんと大きく口を開けた。

出すべき料理を出し、銚子もずいぶん並んだ。

明日は早い。そろそろお開きの頃合いになった。

「名残は惜しいが、どうか元気でね」

源兵衛が一枚板の席から立ち上がり、おたきに歩み寄って声をかけた。

「はい。ほんとに何から何までお世話になって……」

「達者で暮らしなよ。これは少ないが、おたきちゃんの嫁入りのご祝儀だ。叔父さんに渡しておこう」

人情家主は袱紗《ふくさ》を取り出し、留松に渡した。

「まあ、そんなものまで……」

おたきは手を振って固辞しようとしたが、そのあたりは年の功だ。まあまあ、と押し付けてすぐ手を引っこめた。

「よ組からも、ちいと少ねえが」

家主がご祝儀を渡すのを待っていたかのように、竹一も袱紗を取り出した。

おたきが拝むようにして受け取る。

のどか屋からは、まず夫婦箸《めおとばし》を贈った。黒と朱のきれいな塗り箸だ。

「ありがたく存じます。二人で大事に使わせていただきます。まだ会ったこともないんですけど」

おたきはそう言って、いくらか顔を赤らめた。

「きっと似合いの夫婦になるさ。あいつはおいらの幼なじみで、男前に加えてしっかりしてる。甲斐性がある。まず間違いのない男だよ」

一松が請け合う。

のどか屋からは、明日食べるおにぎりの包みも渡された。

ちりめん山椒、昆布の佃煮、胡麻おかか……。

とりどりの具が入っている。

「しまった。餞別《せんべつ》を忘れてしまったよ」

隠居が額に手をやった。

「なら、師匠。餞《はなむけ》に一句」

おちよがうまく風を送る。

「なるほど、その手があったね」

「いま短冊をお持ちします」

おちよはすぐさま動いた。

えさでもくれると思ったのか、猫たちがぞろぞろとついていったから、またひとしきり笑いがわいた。

「人生の門出だからね。こいつは責めが重いよ」

そう言いながらも、隠居の顔には笑みが浮かんでいた。

短冊が来た。

顔を引き締めてしばらく思案すると、季川は一つうなずき、やおら筆を執った。

のどかなる風は潮来の花嫁に

いつもながらの達筆だが、なぜか短冊の右のほうに字が偏っていた。

「だいぶ空いてますけど、師匠」

おちよがいぶかしげに言う。

その謎は、すぐさま解けた。

隠居は空いたところに、こう付句をしたためたのだ。

　希望の光その風にあり

そのさまが目に浮かぶかのようだった。

花嫁を乗せて、舟はゆっくりと進んでいく。

風が吹く。

花嫁の白い綿帽子を、風がやさしくなでていく。

「お姉ちゃーん……」

岸から幼い弟が手を振る。

「元気でね」

花嫁が笑顔で手を振り返す。

「達者でね」

これで終わる別れではない。

また会える。

今度はきっと、ややこを抱いて会えるだろう。

だから、泣くことはない。

笑って見送ればいい。

「一生の宝にします」

おたきは短冊を大事そうに受け取った。

あの日――希望粥でどうにか息を吹き返した晩、いまにも消えそうだった光がはっきりと行く手に見えた。

風は吹く。

その心地いい風を送ってくれる源に、父と母がいるような気がした。

(おとっつぁん、おっかさん……)

おたきは心の中で告げた。

(たきは潮来に帰ります。善次郎をつれて。おとっつぁんとおっかさんが生まれ育ったふるさとに帰ります。

そして……)

火消し衆にあやされて笑っている千吉のほうへちらりと目をやると、おたきはいまは亡き父と母に向かって告げた。

(幸せになります。おとっつぁんとおっかさんの分まで)

最後に、もう一つ餞があった。

「かしら、ここは甚句でしょう」

「おう、そいつぁいい」

「得意の甚句で締めましょうや」

火消し衆がうながした。

「いきなり言われたって、文句が浮かばねえや。無理言わないでくれ」

竹一はあわてて手を振った。

「なら、あれでいきましょう。あれならすぐ唄えるんで」

梅次が手を拍《う》った。

「あれ、って何だよ」

かしらの問いに、纏持ちは甚句の文句で答えた。

「おまえのことは　忘れぬぞ……」

「ああ、あれか」

「たしかに、文句を考えなくてもいいや」

たちまち通じた。

餞の甚句が始まった。

おまえのことは　忘れぬぞ（ほい）
おまえのことは　忘れぬぞ（やー、ほい）
おまえのことは　忘れはせぬぞ
おまえのことは　忘れぬぞ（ほい）

かつてこの座敷で、先の大火で命を落とした仲間をしのんで、みなで泣きながら唄った。のどか屋にいるすべての者が涙を流した。時吉もおちよも泣いた。

しかし、今日は違った。

みな笑っていた。

笑顔で餞の甚句に和していた。

ただ一人、感涙にむせんでいる者がいた。

みなに送られていく、おたきだけが泣いていた。

終章　末広がりの八

一

次の休みの日、時吉とおちよは手土産を提げて、ある場所に向かった。

「おたきちゃんたち、無事に着いたかしら」

おちよが言う。

「そろそろ着いたころだろう。潮来は遠いからな」

時吉が往来を見ながら答える。

いささか遠回りにはなるが、千吉は福井町の長吉屋に預けてきた。たまにそうしないと長吉の機嫌が悪くなってしまうからだ。

「おう、修業に来たか、千吉」

孫にはすこぶる甘い「じいじ」は、たちまち破顔一笑した。今日は弟子たちに板場を任せて、ずっと千吉の相手をしてくれるだろう。

「お、大八車が停まってるな」

時吉が前方を指さした。

「駕籠もあるわ」

おちよも言う。

「時分どきを外してきたつもりなんだが、そうでもないかもしれない」

「繁盛してるのよ」

そんな会話を交わしながら、二人は見世のほうへ近づいていった。

馬喰町の力屋だ。

こたびの一件は、多くの人の力があって解決し、千吉もほかのわらべたちも無事親元に戻ることができた。

いや、人ばかりではない。猫の力もあった。

力屋では「ぶち」という名になっている元飼い猫のやまとだ。今日はその労をねぎらうために、手土産を提げて訪れたという次第だった。

「いらっしゃい」

のれんをくぐるなり、おかみの声が響いた。

「おお、これはのどか屋さん。いらっしゃいまし」

厨から、あるじの信五郎も和した。

「無沙汰をしておりました」

「今日はぶちちゃんにお礼を言いに来たんです」

おちよが笑みを浮かべて言う。

「ああ、お客さんから聞きましたよ。息子さんが無事でよございましたね」

「ほんに、知らせを聞いてほっとしましたよ」

気のいい力屋の夫婦が口をそろえる。

「ありがたく存じます。で、やまと……じゃなくて、ぶちちゃんはどこに？」

時吉がたずねた。

「見世の周りをうろうろしてるんじゃないでしょうかね。まあ、猫はもう所帯を持って逃げないので、何か召し上がっていってくださいよ」

そう言われるのを見越して、昼は食べずに来た。幸い、二人分の席が空いていた。

時吉とおちよはまず腹ごしらえをすることにした。

力屋には活気があった。おちよを除けば、客は男ばかり。それも、駕籠かきや大八車引きなどの力自慢だ。筋骨隆々たる男たちが、ふんどし一丁で丼飯をかきこみ、またあわただしく発《た》っていく。見世には男臭い熱気が漂っていた。

時吉もおちよも力膳を頼んだ。日変わりで、いちばん値の張る膳だ。と言っても、駕籠屋や飛脚が使う見世だ。のどか屋に比べても、値《あたい》は安かった。

「はい、お待ち」

おかみが運んできた膳を見て、おちよが目をまるくした。ずいぶんと量があったからだ。さすがは力膳だ。

「かき揚げがはみ出てますね」

時吉が丼を指さした。

「わしわしと召し上がってくださいまし。つゆが足りなかったら、いくらでもおかけしますので」

おかみは如才なく言った。

力膳の飯は、かき揚げが乗った丼だった。少し甘めのつゆがかかっている。揚げたてのさくっとしたかき揚げだけでも目を瞠《みは》るほど大きかった。人参や芋などの野菜がもっぱらだが、今日は海老も少し入っている。

飯の量がまた多かった。大ぶりな丼を使っているから、たんと飯が入る。つゆのしみた飯と箸でくずしたかき揚げ、これを一緒に食すと実にうまい。

この丼に汁がつく。

豆腐と油揚げ、それに若芽の入った白味噌仕立てだ。

「おいしい」

おちよが笑みを浮かべた。

素朴な具の味噌汁だが、呑むとほっとするような味だ。

膳にはさらに皿と鉢がつく。大根おろしを添えた焼き魚と、芋の煮っころがしだ。

鉢の芋だけでもごろごろ入っていて、腹もちのしそうな量がある。

さらに、箸休めに香《こう》の物の小皿がつく。沢庵に梅干しに蕪《かぶ》の浅漬け、これだけでも酒の肴になりそうだ。

「もう、おなかいっぱい」

ややあって、おちよが帯を手でさすった。

「もてあましそうだったら、おれが食ってやるぞ」

時吉が言った。

「なら、お芋の残りを」

おちよは鉢を時吉のほうへやった。

「力膳の食いっぷりで担ぎ手の力が分かる、って駕籠屋さんは言ってます」

それを見て、あるじの信五郎が言った。

「じゃあ、わたしは駕籠屋は無理ね」

おちよが笑った。

たしかに、この膳を食べたら力が出るだろう、と時吉は思った。

凝ったものは何一つないが、客に合わせて、馬力が出るような料理をと思案してつくっている。

飯屋と小料理屋とでは来る客が違うけれども、また一つ大事なことを学んだような気がした。

「おっ」

力膳を時吉があらかた平らげたとき、のっそりと猫が入ってきた。

元やまとのぶちだ。

「魚の食べ残しを狙ってるんですよ」

おかみが指さす。

「きれいに食べてくれるんで、助かりますがね」

あるじも笑みを浮かべた。

「またちょっと太ったんじゃない？」

おちよはそう言って、ひょいと大きなぶち猫をつまみあげた。

元の飼い主を思い出したのかどうか、ぶち猫はごろごろと喉を鳴らしはじめた。

「今日はおまえにいいものを持ってきてやったぞ」

時吉が提げてきた包みを見せた。

「こないだのお礼に持ってきたの。ありがとうね、やまと」

のどか屋にいたときの名前で、おちよは猫を呼んだ。

二

見世の中ではほかの客に迷惑なので、ちょっと肥えた猫をだっこして裏手へ行った。

ちょうど力屋の娘が友だちと一緒にお手玉をして遊んでいた。

子猫もいる。ぶち猫の子であることは、模様を見ればすぐ分かった。

「ぶちちゃんに、いいものを持ってきてあげたの」

おちよが娘に話しかけた。

「いいものって？」

お手玉の手を止め、娘はたずねた。

「これだよ」

時吉は包みを開けた。

猫のごほうびに持ってきたのは、鮪の漬《づ》けだった。のどか屋で出すためではない。元やまとのためだけにわざわざ漬けたものだ。

「うみゃ」

猫の顔つきが変わった。

のどか屋にいたころ、干物などもずいぶんやられたが、いちばん好んでいたのがこの鮪の漬けだった。やまとに食われないように、この料理の仕込みをするときはずいぶん気を使ったものだ。

「さ、お食べ」

おちよが与えると、ぶち猫はたちまち顔を突っ込んで、はぐはぐと音を立てて食べはじめた。

「食べてる、食べてる」

「おいしそうね」

娘たちがのぞきこむ。

「たんとつくってきたからね。いくらでもお食べ。おまえのおかげで千吉が戻ってきてくれたんだから」

　おちよはかたくそう信じていた。

「偉かったぞ」

　時吉も同じだった。首筋をなでてやると、鮪を食べながら猫はまたひとしきり喉を鳴らした。

「うちじゃあきないものを食べてずいぶんしかられてたけど、力屋さんではお客さんの食べ残しをたくさんもらえるからいいわね」

　と、おちよ。

「あんまりしかったから出ていったんだな。すまなかったな」

　猫は答えなかった。好物を食べることに夢中で、それどころではないらしい。

　子猫も加わる。父と同じように、懸命に小さな口を動かしだした。

「あ、もう一匹来た」

「寄ってきたよ」

　娘たちが言う。

　子猫ばかりではない。しっぽの短い雉白《きじしろ》の猫も来た。

「この子は雌ね？」

おちよが力屋の娘にたずねた。

「うん。ぶちと夫婦《めおと》なの。はっちゃん、っていうの」

いくらか大人びた口調で娘が答える。

「初めて、のはっちゃん？」

「ううん、末広がりの八」

「そう。いい名前ね」

女房猫が寄ってきたのに気づくと、ぶち猫は「おまえも食え」と言わんばかりに短くないた。

そして、舌を出してぺろりと口のまわりをなめた。


「行くぜ」

「おう」

見世の前から、威勢のいい掛け声が響いてきた。

力屋で腹ごしらえをした男たちが、大八車を引いてつとめに戻っていく。

いい日ざしと風だ。

江戸の家並みも、行き交う人も、すべて美しく光っている。
まさに、末広がりだ。
「偉いな、おまえは。ちゃんと子の面倒も見て」
時吉が猫に声をかけた。
またごほうびを食べだした元やまとが、ふっと顔を上げた。
そして、なおしばしもぐもぐと口を動かしてから、少し自慢そうに「みゃ」とないた。
娘たちが笑った。
その邪気のない声に、のどか屋の二人の笑い声が弾むように和した。

［参考文献一覧］

松下幸子『図説江戸料理事典』（柏書房）
『別冊家庭画報　人気の日本料理2　一流板前が手ほどきする春夏秋冬の日本料理』（世界文化社）
志の島忠『割烹選書　鍋料理』（婦人画報社）
志の島忠『割烹選書　酒の肴春夏秋冬』（婦人画報社）
志の島忠『四季の一品料理』（婦人画報社）
土井勝『野菜のおかず』（家の光協会）
『辻留の点心歳時記』（淡交社）
栗山善四郎、小林誠『江戸の老舗八百善四季の味ごよみ』（中央公論社）
『男子厨房に入る　旨い居酒屋メニュー』（オレンジページ）
鈴木登紀子『手作り和食工房』（グラフ社）

野崎洋光『和のおかず決定版』（世界文化社）
『一流料理長の和食宝典』（世界文化社）
藤井まり『鎌倉・不識庵の精進レシピ　四季折々の祝い膳』（河出書房新社）
涌井純子『本所わくい亭のお惣菜ふう酒の肴』（主婦の友社）
料理　松永佳子、写真　西村浩一『京のおばんざい１００選』（平凡社）
車浮代『〝さ・し・す・せ・そ〟で作る〈江戸風〉小鉢&おつまみレシピ』（ＰＨＰ研究所）
『復元江戸情報地図』（朝日新聞社）
今井金吾校訂『定本武江年表』（ちくま学芸文庫）
北村一夫『江戸東京地名辞典　芸能・落語編』（講談社学術文庫）
山本純美『江戸の火事と火消』（河出書房新社）
菊地ひと美『江戸衣装図鑑』（東京堂出版）
『The Kasama　ルーツと展開』（茨城県陶芸美術館）

時代小説

二見時代小説文庫

希望粥《のぞみがゆ》　小料理《こりょうり》のどか屋《や》人情帖《にんじょうちょう》10

著者　倉阪《くらさか》鬼《き》一郎《いちろう》

発行所　株式会社　二見書房
東京都千代田区三崎町二-一八-一一
電話　〇三-三五一五-二三一一［営業］
〇三-三五一五-二三一三［編集］
振替　〇〇一七〇-四-二六三九

印刷　株式会社　堀内印刷所
製本　ナショナル製本協同組合

ISBN978-4-576-14037-7
http://www.futami.co.jp/